거울 보는 남자

김경욱

거울 보는 남자

김경욱

소설

PIN

003

차례

PIN

003

거울 보는 남자

김경욱

*

여자와 남자는 에드워드 호퍼풍으로 마주 앉아 있다. 살굿빛 원목 탁자, 순백색 회벽을 비스듬히 가로지르는 예리한 음영, 엇갈린 시선 속에 감춰진 크고 작은 비밀과 정체 모를 감정들. 입술 꼭 다문 채 대면하는 남녀가 대개 그러하듯, 둘에게는 맞은편으로 전해야 할 자신만의 진실이 있었다.

미동도 없는 침묵이 흐른 뒤 먼저 움직인 쪽은 여자였다. 정말로 그림 속 인물이었다면 눈을 내리깔며 분위기부터 잡았겠지만 남자의 이목구비를 마음속에 일일이 옮겨 그리는 듯한 눈길로 시작을 알렸다. 눈, 코, 입, 순으로. 마지막 차례인 귀에서는 무언가를 찾는 듯한 눈빛.

그 순간 여자의 뇌리에는 르네 마그리트의 그림 하나가 배경처럼 펼쳐지고 있었다. 「시크릿 플레이어」. 제목이 암시하듯 눈에 보이는 게 전부가 아닌 초현실적 이미지. 다른 사람은 몰라도 여자에게만큼은 불가사의하지 않았다. 어떤 초현실은 누군가에겐 현실이기도 하니까.

1

살다 보면 우연만으로 설명할 수 없는 일도 있게 마련이죠. 남편의 첫 기일, 공원묘지에 갔다 돌아오는 전철역 플랫폼에서 남편과 꼭 닮은 옆모습을 발견하는 일 같은. 용문역 상행선 플랫폼 끄트머리에 선 당신은 까만 양복에 까만 넥타이 차림이었죠. 한 걸음 한 걸음 홀린 듯 다가가다 이목구비의 반쪽 윤곽이 완전해지는 순간 우뚝 멈춰 서고 말았어요. 반듯한 콧날, 윗입술을 포갤 듯 도톰한 아랫입술, 날렵한 턱선. 게다가 무표정일 때도 움푹 팬 보조개까지. 영락없는 남편이었죠. 당신의 시선을 피해 황급히 고개를 돌렸지만 익숙한 옆얼굴은 오히려 더 또렷해져만 갔어요.

너무 멀지도 가깝지도 않은 거리를 유지하며 당신의 옆모습을 쫓다 보니 어느덧 합정역 플랫폼이었어요. 당신이 하차하면 허둥지둥 따라 내리고 당신이 환승하면 부랴부랴 따라 오르는 식으로. 합정역을 빠져나가는 당신의 뒤를 밟는 발걸음이 허공을 내딛는 듯 비현실적으로 느껴졌죠. 밑도 끝도 없는 서글픔에 등줄기가 흠뻑 젖어 눈 뜨는 백일몽처럼.

그랬어요. 겨우 서너 발짝 거리에 있는 얼굴에서 익숙한 특징을 발견할수록 그것의 주인은 더 이상 존재하지 않는다는 사실이 새삼 사무쳤어요. 남편의 육신이 채 한 줌도 안 되는 재로 화장로에서 나왔을 때처럼 상실감이 덮쳐왔죠. 낯익은 저 얼굴이 온 세상을 돌고 돌아 결국은 우리 집 대문 앞으로 가지 않을까 가망 없는 기대에 사로잡혀 당신을 계속 뒤따랐어요. 퇴근길에 우연히 발견한 남편을 장난삼아 미행하듯, 얼마 만인지 모를 합정역을 빠져나오면서도, 공방과 고깃집과 와인바가 뒤섞인 낯선 골목을 한참 지나도록.

백일몽에서 깨어난 건 어느 미용실 앞이었죠. 당신은 스스럼없이 안으로 들어갔어요. 커트 중이던 미용사가 목례로 알은체하더군요. 영업용 환대라기에는 어딘가 심상해 보였어요.

매장 안쪽의 내실로 사라진 당신은 이내 재킷과 넥타이를 탈의한 모습으로 나타나, 가운 차림으로 잡지를 넘기고 있던 한 여자 뒤로 다가갔죠.

당신은 거울 속 손님과 대화를 나누며 익숙한 동작으로 머리를 만지기 시작했어요. 한 가닥 한 가닥 꽃 모양을 잡는 플로리스트처럼.

"머리하시게요?"

건물 계단 통로에서 나온 젊은 여자가 물었어요. 미용실 상호가 큼지막하게 적힌 막대형 열쇠고리를 든 채.

"아, 네."

아니요, 라고 말하려 했는데 왜 그랬을까.

젊은 여자는 가운을 입히고 주인 없는 거울 앞으로 안내했죠. 당신 옆자리. 익숙한 얼굴이 시야에 들어오는 순간마다 움찔하면서도 눈길은 자꾸만 거울로 향했어요. 두려움이 커질수록 두려움의 진원지 쪽으로 몸이 기울듯.

심장 박동이 빨라졌어요. 몸을 섞는 도중에도 어딘가 다른 세상에 가 있는 것처럼 보이던 얼굴, 무언가를 꽁꽁 감추려는 듯 습관적으로 웃어 보이던 얼굴이 거기 있었죠. 손 뻗으면 닿는 거리에.

허벅지에 놓인 패션잡지를 뒤적거렸지만 글자는 고사하고 화보조차 눈에 들어오지 않았어요. 건성건성 책장만 넘겼죠. 온 신경이 당신에게 쏠린 채로.

'나쁜 남자에게 끌리는 아홉 가지 이유'라는 제목에 시선이 멎을 즈음 누군가 내 머리카락을 두 손으로 감싸며 물었어요.

"어떤 스타일로 해드릴까요?"

당신이었죠.

모근이 일제히 곤두서는 느낌.

묵직한 중저음의 남편과 달리 당신은 현악기처럼 가늘고 고운 음색이더군요.

코를 찔러오는 파마약 냄새 탓이었을까. 갑자기 욕지기가 치밀었어요. 아랫배에서 시작된 울

렁거림이 앙가슴을 거쳐 목구멍까지 밀고 올라
왔어요. 토하기 직전의 끔찍한 기분. 들숨을 한껏
들이쉬어도 보고 날숨을 힘껏 참아보기도 했지만
진정되는 기미조차 없었어요. 그 자리에서 토할
지도 모른다는 두려움에 속은 점점 더 메스꺼워
졌고.

"어디 불편하세요?"

남편의 얼굴에 어울리지 않는 가파른 목소리.
나는 그만 벌떡 일어나고 말았죠. 당신의 얼굴을,
아니 당신의 음성을 더는 1초도 견딜 수 없었어
요.

정신없이 걷다 보니 합정역이더군요. 에스컬레
이터에 몸을 싣는데 사람들 시선이 느껴졌어요.
번들거리는 은색 가운 차림인 걸 깨닫는 순간 다
시 속이 울렁거리기 시작했어요.

되돌아가야 하나 고민스러웠지만 에스컬레이
터가 만원이라 오도 가도 못하는 형편. 점점 탁
해지는 공기에 파마약 냄새마저 느껴져 욕지기
를 참을 수 없는 지경으로 치달았어요. 앞사람 뒤
통수에 실례하는 일만은 피하자는 일념으로 버티

고 버텼지만 역부족. 그나마 내가 할 수 있는 일은 뜨거운 무엇이 목구멍으로 치밀어 오르는 순간 반사적으로 가운을 들어 올려 입을 막는 것뿐이었죠.

울렁증은 매일같이 이용하는 낯익은 역에 내려서야 겨우 가라앉았어요. 역사 한편 꽃 가게가 눈에 들어올 정도로. 새로 생겼는지 그간 모르고 지나쳤는지 걸음을 멈추기는 처음이었죠. 율마, 산세비에리아, 포인세티아, 싱고니움, 시클라멘…… 갖가지 화초 속에서 바로 그 꽃을 찾으려는 것처럼.

제라늄. 몇 시간 전 남편 무덤가에서 발견한 꽃은 제라늄이었어요. 선홍색의 생화가 눈에 띄자마자 주변을 둘러봤죠. 깜짝 헌화의 장본인이 거기 어딘가에 아직 남아 있을 거라 기대하며. 꽃은 화원에서 막 옮겨 온 듯 싱그러웠고 주변 흙은 속살을 드러낸 채 젖어 있었거든요. 양지발라서 물기가 오래가지 않는 곳인데도.

인적은 없었어요. 공원묘지에는 고도를 높여가는 햇살만 가득했죠. 묘석마다 딸린 돌 화병에는

형형색색의 조화가 꽂혀 있었는데, 십중팔구 묘
역 관리사무소에 딸린 가게 물건이었을 거예요.
생화는 아예 취급하지 않았으니까.

손수 흙을 파내고 꽃을 심고 물을 줬을 섬세한
손길의 주인은 누구일까. 내가 아는 얼굴이 아닌
건 분명했어요. 시어머니는 몇 해 전부터 치매 증
세로 요양병원 신세였고, 하나뿐인 시누이는 호
텔 매니저로 발령 난 남편 따라 베트남에서 살고
있었죠. 난데없는 수수께끼라도 받아 든 것 같았
어요.

실은 짚이는 구석이 없지는 않았어요. 이름도
얼굴도 모르는 한 사람. 어떤 모습일까 수없이 그
렸다 지우기를 반복한 얼굴. 풀고 싶은 마음만큼
이나 답을 마주하기 두려운 붉은빛 수수께끼. 피
를 뒤집어쓴 듯 강렬한 꽃잎의 자태가 눈앞에서
쉬이 떠나지 않았어요. 용문역 플랫폼에 들어서
는 순간까지도.

그러니까, 설마 수수께끼의 답은 당신이었던
건가요.

2

　보험사에서 연락이 온 건 장례를 치르고 두어 주 지나서였어요. 남편이 생명보험을 부어왔다는 사실은 금시초문. 월급을 어디에 어떻게 쓰는지 피차 알려고 들지 않았으니 일부러 공개하기 전에는 알 수 없었죠.

　생활비는 매달 갹출한 돈으로 충당하고 목돈 나갈 일이 생기면 벌이가 더 많은 쪽이 부담하자. 자잘한 집안 대소사는 각자 알아서 챙기고. 남편의 제안이었죠. 돈 몇 푼으로 얼굴 붉히고 살기 싫다며.

　사흘 뒤 보험사 직원이 학교 앞까지 직접 찾아

왔어요. 보험사 직원, 하면 떠오르는 이미지와 사뭇 다르더군요. 똑 부러지는 표정, 딱 떨어지는 양복 대신 사흘 내리 야근한 얼굴에 물려 입은 듯한 옷차림. 스트라이프 넥타이는 색깔이 촌스럽고 과한 뽕이 들어간 어깨로도 모자라 까만 양복 소매는 닳아서 반질반질했죠. 교무실마다 하나쯤 앉아 있을 법한 선생 같았달까. 사별이든 불화든 여자의 손길을 받아본 지 백만 년은 된 듯한 중년 남자. 회식 자리에서는 맨 나중에 일어서고 다음 날 아침 교무실에는 가장 먼저 와 있는 사람.

"여고라 그런지 학교가 예쁘장하네요. 건물은 아담하고 조경은 아기자기하고. 기왕 측백나무 심을 거면 황금측백이 붉은 벽돌 건물에 더 어울렸을 텐데…… 몇 푼 남겨먹겠다고……."

사내가 명함을 내밀며 말했어요.

이름 밑에 적힌 '조사분석팀'이라는 문구가 시선을 끌었어요.

"무슨 일로……."

이쪽에서 단도직입적으로 나갔어요. 오래 앉아 있고 싶지 않았거든요. 입꼬리를 연신 끌어 올리면서도 단춧구멍 같은 눈으로 염탐하듯 흘깃거리는 게 영 불편했으니까.

"무슨 일로다가 방문했느냐. 보험금 지급 사유 발생 시의 형식적 절차라고 보시면 됩니다. 돈을 움직이자면 문서가 필요하지 않겠습니까? 높은 분 도장 받으려면 이것저것 확인하는 과정도 거쳐야 되고."

사내는 말을 멈추고 커피를 후루룩 소리 내어 마셨어요.

"뭘 확인해드리면 되죠?"

"뭘 확인해주시면 되느냐. 7년 전 고객님께 무슨 일이라도 있었습니까?"

이쪽 얘기를 앵무새처럼 되돌려주는 말버릇 때문이었을까. 취조라도 받는 기분이더군요.

"글쎄요. 그런데 왜 하필⋯⋯."

"계약이 체결된 해거든요."

"7년 전에요?"

"모르셨어요?"

사내가 작은 눈을 더 가늘게 뜨며 상체를 앞으로 내밀었어요. 찌의 움직임을 살피는 낚시꾼처럼.

"결혼 선물이었어요. 예물 대신."

나도 모르게 대답하고 나니 정말 그랬을지도 모른다는 생각이 들더군요.

"결혼하신 해라고요?"

"네."

"몇 월이었습니까?"

"10월요."

"10월이라. 성혼서약 잉크가 마르기도 전에 계약하셨네요."

"무슨 문제라도……."

"아, 아닙니다. 말씀드렸다시피 형식적인 절차로 이해하시면 됩니다. 다만 결혼과 동시에 생명보험에 드는 경우는 흔치 않아서요. 첫애가 생길 무렵이나 회식 다음 날 잠자리에서 일어나는 게 죽기보다 싫어질 즈음이 보통이거든요. 등 뒤에 모래자루를 쌓기 시작해야 할 시기가 오는 거죠. 실례지만 슬하에 자녀분은……."

"애는 안 갖기로 했었어요."

역시나 반사적으로 튀어나온 거짓말.

결혼한 지 5년이 되도록 아이가 들어서지 않았

다고, 원인이나 알아보자며 이 병원 저 병원 드나들며 한 해, 시험관 시술 가능성 타진에 또 한 해였다고 구구절절 밝히고 싶지 않았어요. 어딘가 모르게 남편이 미온적으로 느껴져 속상했다는 대목은 더더욱. "아, 애가 들어서지 않으셨구나" 하고 우리 부부의 불운을 음미하듯 되뇌었을 테니까.

값싼 동정은 저 붉은 담벼락 안에서만으로 충분했어요. 다 이해한다는 얼굴로 고개를 끄덕여 보이는 선생들, 복도 저만치서부터 비켜서주는 학생들. 선의로 받아들여 마땅한 몸짓에서 사형수 대하는 모범수를 엿본다면 자의식 과잉일까, 비뚤어진 자격지심일까.

"낳지 않기로 하셨구나. 현명하십니다. 저는 아들놈만 셋인데 외계인이 따로 없습니다. 지구를 구하러 왔는지 멸망시키러 왔는지 당최 속내를 알 수 없어요. 그나마 손 벌릴 때만 겨우 입을 뗄 뿐. 차라리 나무를 붙들고 대화하지. 나무는 피톤치드라도 내주잖아요. 그런데 이놈들은 이산화탄소만 잔뜩 뿜어대며 돌아다니니, 원."

나는 잠자코 있었어요.

"혹시 사고 현장에 가보셨습니까?"

사내가 자세를 바로 하며 묻더군요.

"머릿속에 담고 살아갈 자신이 없어서요."

나도 모르게 변명하듯 대꾸하고 말았어요.

"자신이 없으셨구나. 이해합니다. 시간이 흘러도 안 지워질 테죠. 이번처럼 이상한 케이스라면 더더욱."

"이상한 케이스라고요?"

"좌회전해 오는 뺑소니 차량이 눈앞에 나타났을 때 고객님께서는 운전대를 오른쪽으로 꺾으셨어요. 목숨에 연연하지 않는 사람처럼. 틀림없는 팩트입니다. 스키드 마크는 구라를 모르거든요. 도무지 납득이 안 갑니다. 반대로 행동하기 마련인데. 본능적으로 자신을 지키려고."

순간 머릿속이 새하얘졌어요. 올 것이 오고야 만 기분. 애써 부정하고 싶었던 불안한 느낌이 실체를 드러낸 것 같았죠.

"요점이 뭔가요?"

나는 애써 담담한 척하며 물었어요.

"요점은 뭐냐……. 혹시 고객님께서 이상 징후

를 보이지는 않았습니까? 갑자기 말수가 준다거나, 인사불성 상태로 귀가하는 날이 잦아졌다거나."

"자살이라도 했다는 건가요? 절대로 그럴 사람 아니에요."

"불쾌하셨다면 죄송합니다. 형식적 절차라는 게 꼭 해피하지만은 않더라고요."

"더 물으실 게 없으면 먼저 일어나겠습니다. 처리할 일이 산더미여서."

"요새는 교복 치마도 미니스커트네, 미니스커트. 그런데 참 희한합니다. 계집애들은 왜 손을 꼭 잡고 다닐까요? 졸업하면 서로 연락도 안 할 거면서."

사내가 엉거주춤 몸을 일으키며 중얼거렸어요. 게슴츠레한 눈길은 창밖에 붙박인 채로.

교문 밖으로 학생들이 무리 지어 쏟아져 나오고 있더군요.

가슴속에서 무언가가 치밀어 올랐어요. 쉰내 나는 중년 남자들의 무신경하면서 아슬아슬한 언동에 포기하듯 익숙해진 게 어제오늘도 아닌데.

"편백나무예요."

"네?"

"교정에 심긴 나무는 측백이 아닌 편백이라고
요."

뒤도 안 돌아보고 자리를 떴어요. 동료 교사의
피치 못할 사정으로 떠안은 50분으로부터 달아나
듯. 말이 자습 지도지 학생들을 얌전히 묶어두는
게 목적인 시간. 첫 키스는 언제였느냐, 첫사랑
은 어떤 사람이었느냐, 첫날밤은 어땠느냐, 진실
에 한참 못 미친다는 걸 서로 빤히 알면서도 절망
적인 관성으로 묻고 답하기를 이어가는 무기력한
순간순간에서 한시 바삐 벗어나려는 것처럼.

3

　가운을 돌려준다는 건 핑계였는지도 몰라요.
다시 가보지 않고는 배길 수 없었죠. 홀린 듯 쫓
았던 옆얼굴이 이번에는 끊임없이 나를 따라다
녔어요. 석고상을 스케치하는 학생들의 손끝에서
도, 간만에 꺼내보는 남편의 사진에서도. 콧날은?
입꼬리는? 턱선은? 겹쳐질 듯 어긋나는 두 얼굴
앞에서 혼란스러워졌어요. 다시 한 번 확인해보
지 않으면 안 되었던 거예요.
　"처음이세요?"
　카운터의 여직원이 물었어요.
　그럴싸한 변명까지 준비해 갔는데 뜻밖의 반응

이었죠.

"아, 네."

여직원의 안내에 따라 머뭇머뭇 자리에 앉았어요. 가운 얘기는 꺼내지도 못한 채로.

"따로 찾는 선생님 계세요?"

주위를 두리번거리던 나는 건너편에 있던 당신과 눈이 마주치고 말았어요.

"이쪽으로 앉으세요."

당신이 빈 의자를 가리키며 말했죠.

의자에 앉아, 비로소 거울 속 당신을 똑바로 응시할 수 있었어요.

남편과 닮은 듯 다른 얼굴. 그날의 옆모습은 착각이었던 걸까. 첫인상은 온데간데없었어요. 지난번에는 그저 면도 전이려니 무심히 보아 넘겼는데 일부러 기른 구레나룻이더군요. 눈매도 달랐어요. 외까풀 대신 굵은 쌍꺼풀에 눈썹도 훨씬 짙어 보였죠. 풍성한 곱슬머리를 멋스럽게 기른 헤어스타일까지. 남편이 4B연필이라면 당신은 선이 더 굵은 목탄 스케치 같았어요.

"펌하실 거죠?"

당신이 몇 번 다녀간 손님 대하듯 물었어요.

"네, 우선 짧게 자르고 나서."

충동적이었지만 망설임은 없었어요. 거울에 비친 긴 생머리가 유난히 무겁게 느껴졌죠. 잘 어울린다는 남편의 한마디에 연애는 물론 결혼 기간 내내 바꾼 적 없는 스타일.

"정말 괜찮으시겠어요?"

당신은 여전히 거울에 대고 말했어요.

"왜요?"

"자르고서 후회하시는 분들이 있거든요. 목선이 예뻐서 잘 어울리실 것 같긴 하지만."

당신이 무표정한 얼굴로 대꾸했어요. 그래서인지 입에 발린 소리로 들리지는 않더군요.

"후회 안 해요."

나는 필요 이상으로 단호하게 말했어요. 흔들리는 마음을 다잡으려는 것처럼. 후회하지 않겠다고 스스로 다짐이라도 하듯.

"저도 단발이 좋아요. 조금만 지나도 손질이 필요해서 미용실에 자주 오셔야 할 테니까."

당신이 눈웃음을 지어 보였어요.

두 눈은 반달 모양인데 입은 한일자로 꾹 다문 표정. 입꼬리만 끌어 올리던 남편의 웃음과는 정반대였죠. 그럼에도 묘한 기시감이 들었어요. 내비치기 힘든 무언가를 애써 누르고 있는 쓸쓸한 웃음. 남편과의 좋았던 순간을 떠올릴 때조차 가슴 구석구석 번져오는 엷은 먹빛. 라디오 음악 프로 진행자의 입을 빌려 축하해주던 어느 생일 저녁의 고슬고슬한 공기에도, 다음 생일에는 어떤 노래를 듣고 싶냐고 물으며 지어 보이던 웃음에조차 어른거리던 먹빛 그림자.

당신도 누군가를 떠올리고 있던 건가요. 어찌 아느냐고요? 누군가를 머릿속 한복판으로 남몰래 불러낼 때 눈동자는 등잔 밑 어둠처럼 작고 단단해지곤 하죠. 남편이 완벽하게 감추지 못했던 것처럼.

"마음에 드세요?"

머리 뒤쪽에 거울을 대주며 당신이 물었어요.

"다른 사람 같네요."

어색한 감이 없지 않았지만 짧은 머리는 나쁘지 않았어요. 한결 가벼워진 느낌에 어려 보이기까지 했죠. 왜 진작 자르지 않았을까 싶을 만큼. 실은 기대 이상이었어요. 왜 이제야 왔느냐고 타박하지 않는 치과 의사만큼이나 다시 머리 맡기고 싶은 미용사를 만나기란 드문 일이니까.

"처음 봤을 때부터 단발이 어울릴 것 같다고 생각했어요."

무표정한 얼굴과 덤덤한 말투는 여전했지만 당신은 오래전부터 알던 사이인 것처럼 말했어요.

"처······음······이오?"

내가 조심스레 물었어요.

"아, 오늘 가게에 들어오실 때요."

당신이 빠르게 말했어요. 특유의 비밀스러운 눈웃음을 지어 보이며. 스탠드도 안 켠 책상 앞에 우두커니 앉은 채로, 살아 꿈틀대는 야행성의 무언가로 보이는 그래프를 서둘러 노트북 화면에 띄우던 순간의 남편처럼. "안 잤어?" 웅얼거리며 어떤 흔적을 지우듯 입꼬리를 끌어 올려 보이던 남편처럼.

"영양 처리랑 커트 비용은 빼드렸어요."

카운터 담당 대신 직접 계산을 도와주며 당신

이 말했어요.

"고맙습니다."

"또 오세요. 긴 생머리로 돌아가기 전에."

당신이 눈을 맞춰오며 말했어요. 표정 없는 얼굴과 달리 장난기와 호기심이 어른대는 눈빛.

그러고 보니 실제로 얼굴을 마주하기는 처음이었어요. 시종일관 거울 속에서만 얘기를 나눴으니까.

눈동자가 갈색이더군요. 남편은 바둑알처럼 새까맸는데.

외과 의사 말이 옳았어요. 인상은 눈매가 좌우한다는 말. 타인의 얼굴을 옮겨 심는다 해도 판박이가 되지는 않는다던 말. 귀만 달라도 똑같은 얼굴이 될 수 없다는 말. 그런데 왜 못내 아쉬웠을까. 완전히 같은 얼굴이 아니라는 게, 남편의 각막과 남편의 콧대와 남편의 입술을 가진 사람이 다른 눈빛, 다른 표정을 가지고 있다는 게, 어쩌면 당연할 수도 있는 그 사실이.

"참, 다음에는 꼭 예약하고 오세요."

당신이 영수증에 명함을 얹어 건넸어요.

헤어 디자이너, 유 영.

재방문을 확신하듯 이런 말도 덧붙였죠.

"아홉 개만 추가하면 커트가 공짜예요."

명함 뒷면을 보니, 두 줄로 늘어선 빈칸 첫머리에 붉은 동그라미가 찍혀 있었어요. 누군가의 얼굴 같은. 눈, 코, 입이 새겨지길 기다리는 텅 빈 얼굴.

4

남편의 마지막을 떠올리면 어김없이 선득한 기운이 가슴을 죄어와요. 사망 시각을 확정하던 의사의 기계적인 선고보다 더 차가운 기운. 쌀을 씻다가도, 파를 썰다가도 가슴에 와 박히는 무시무시한 냉기에 무릎이 접히곤 했죠. 이내 화살을 정통으로 맞은 짐승처럼 비틀비틀 뒷걸음질 쳐 어둑한 방 한구석, 차가운 벽 아래 주저앉게 되고. 내동댕이쳐지듯 혼자가 된 후론 어디든 등을 맡길 곳이 필요했어요.

기적만 바랄 수밖에 없는 병실에서 나를 지탱해준 건 상상이라는 벽이었죠. 외출했다 병상으

로 돌아갈 때마다 상상하곤 했어요. 아무 일 없었
다는 듯 일어나 앉은 채 말 걸어오는 남편을. "왔
어?" "밥은?" 퇴근하는 나를 맞이하던 덤덤한 목
소리를. 리놀륨 복도를 걸어 들어가는 순간만큼
은 복권을 품고 다니는 부랑자처럼 종잇장 같은
기대로 절망에 맞설 수 있었던 거예요.

그날도 남편은 미동조차 없었어요. 혈액에 산
소를 공급해주는 장비만 쉼 없이 돌아가고 있었
죠.

언제나처럼 손부터 찾았어요. 손에 도는 온기
를 느끼고 있노라면 늦잠의 끄트머리를 붙든 채
뭉그적거리던 휴일의 나른한 평온이 되살아나곤
했죠. 파자마 같은 환자복까지, 겉으로는 모든 게
평화로워 보였어요.

아무렇게나 자라난 머리카락만 빼고.

"오늘만 참아."

남편 귀 가까이 속삭였어요.

청각적 자극이 의식 회복에 도움이 된다던 의
사의 조언 때문만은 아니었어요. 미용실에 가겠
다는 걸 굳이 만류한 게 마음에 걸렸어요. 사고

전날이었죠. 그때 미용실에 갔더라면, 머리가 단정했더라면 사고를 당하지 않았을지도 모른다는 기이한 죄책감이 밀려왔어요. 어떻게 지금껏 내버려둘 수 있었을까, 귀밑머리가 이만큼이나 내려오도록. 면도는 하루도 거르지 않고 챙겨왔으면서.

이튿날 병원에 도착하자마자 혼자만의 약속을 실행에 옮겼어요. 내 앞머리 정도는 다듬어봤지만 남의 머리 손질은 난생처음. 침상 머리맡에 보자기를 펼치고 상의를 벗긴 뒤 가위를 집어 드니 무슨 수술에라도 임하는 기분이더군요.

귀밑머리부터 잘랐어요. 미처 몰랐는데 귀가 참 단정하게 생겼더라고요. 크지도 작지도 않고, 벌떡 일어서거나 너무 드러누운 모습도 아니었죠. 귓바퀴는 어떻고요. 테두리 선은 흘러내리듯 부드러웠고 내부의 요철은 오목조목 또렷했어요.

문득 한 화가의 말이 떠오르더군요. 직선 위에는 신이 없다. 귀 소묘가 까다로운 이유를 그제야 알 듯했어요. 눈, 코, 입은 형태를 잡을 때 미리 그어놓은 직선에 기댈 수 있지만 귀는 다르죠. 인간을 만들 때 신은 귀를 맨 나중에 빚었을 거예요.
예술혼을 쏟아부어야 했을 테니까.

아마추어 미용사의 손놀림은 앞머리로 이어졌
어요. 남편은 앞머리 길이에 유독 신경 썼죠. 너
무 짧으면 우스꽝스럽고 지나치게 내려오면 답답
해 보인다고. 그래서 언제나 '눈썹에 닿을 듯 말
듯'이었죠.

남편의 머리가 짧아질수록 묘한 죄책감은 오히
려 커져만 갔어요. "내가 괜찮다면 된 거 아냐? 누
구한테 잘 보이려고?" 남편에게 했던 말이 아프
게 되살아난 거예요. 문제는 헤어스타일이 아니
었어요. 미용실에 다녀올 때마다 머릿결에서 풍
겨오던 냄새, 머스크 향과 플로럴 향이 섞인 그
냄새가 왜 그리 거슬리던지.

죄책감 때문이었을까. 사각사각 잘려 나가는
게 남편의 머리카락만은 아닌 것 같았어요. 귀에
이어 이마, 면도로 볼과 턱까지 말끔하게 드러날
수록 남편의 얼굴이 낯설게 다가왔죠. 창백한 피
부, 꼭 감긴 눈, 핏기 없는 입술, 파르스름한 턱.
문득 두려운 기분에 사로잡혔어요. 가위를 든 내

모습이 마치 시신을 염하는 사람처럼 느껴졌죠.

뭔가 잘못되었다는 사실이 분명해진 건 뒷정리를 위해 화장실에 다녀온 뒤였어요. 차가웠어요. 조금 전까지도 온기가 돌던 손이 대리석처럼 싸늘했어요. 발, 이마 할 것 없이 모두.

"여기요. 너무 추워요. 얼어 죽을 것 같아요, 제발."

나오는 대로 외치면서도 직감하지 않을 수 없었어요. 이이는 딴 세상으로 가버렸구나. 한 점 온기도, 한 줄기 빛도 없는 무섭도록 춥고 캄캄한 곳으로 떠나버렸구나. 그러면서도, 어쩌면 그래서였는지 미친 듯 발을 주물렀어요. 심장이 거기 어디 있는 것처럼. 날아오르려는 한 마리 새를 붙들어매듯. 고압의 전기 충격으로 남편의 몸뚱이가 몇 번이고 들썩이는 내내, 바이탈 그래프의 굴곡이 점점 작아지다 기어이 사그라들 때까지.

직선 위에 신이 없는지는 잘 모르겠어요. 다만 죽음이 있다는 것만큼은 확실히 말할 수 있어요. 미용실에 못 가게 해서 사고가 난 건 아니라 해도, 마지막 머리 손질 때문에 영영 떠나버린 게 아니라 해도.

어떤 주검 앞이든 살아남은 사람은 모두 살인자예요. 차에 받힌 주검이든, 머리카락이 잘린 주검이든.

5

당신과 커피 잔을 사이에 두고 마주 앉은 건 두
번째 동그라미를 받은 날이었지요. 앞머리를 다
듬는다는 핑계로 들렀다가 밝은 갈색으로 염색까
지 한 날.

"새 스타일이 마음에 드셨나 봐요?"

동그라미가 추가된 명함을 돌려주며 당신이 물
었어요. 눈길은 명함에 둔 채로.

첫 칸 동그라미에 낙서하던 장면이 그제야 되
살아났어요.

머리를 짧게 자르던 그날, 미용실을 나와 건너편 2층 카페 창가에 앉아 당신을 지켜보다 무심코 그려 넣은 눈과 입. 그려놓고 보니 남편의 표정이었어요. 굳은 얼굴이다가도 눈이 마주치면 입꼬리를 끌어 올려 보이던 남편. 눈은 데면데면한데 입만 웃는 어정쩡한 표정. 처음 눈이 마주쳤을 때부터 남편은 그 표정을 하고 있었죠.

대학 동기 아버지의 장례식장. 어쩌다 동기 오빠의 지인들과 합석하게 된 자리, 바로 맞은편에 앉아 있던 사람이 남편이었어요. 육개장에 밥을 말다가도, 반찬을 집어 올리다가도 눈이 마주치면 그렇게 웃어 보였죠. 검정 슈트가 맞춘 듯 어울리는 해사한 얼굴 때문이었을까. 자기만의 세계로 한발 물러나 있는 사람들이 풍길 법한 초연한 분위기 때문이었을까. 있는 듯 없는 듯 조용히 앉아 있는데도 묘하게 눈길이 가는 사람이었어요.

어쩌면 이 모든 이야기의 시작은 그때였는지 몰라요. 옆 사람이 황급히 일어서다 맥주잔을 넘어뜨린 순간. 원피스 앞섶이 온통 젖고, 사달의 장본인은 어이쿠 소리만 내뱉으며 어쩔 줄 몰라 하는데, 맞은편 남자가 "저기, 이걸로" 하며 손수건을 내밀었죠. 파란 체크무늬 손수건.

나지막이 깔리는 목소리에 마음이 끌렸어요. 손수건만 건네고는 다시 태연히 육개장을 떠먹는 모습도, 이마에 송골송골 맺힌 땀방울까지. 결정적으로 관심이 간 건 다음 장면이었죠. 주머니에서 손수건을 새로 꺼내 땀을 훔치더라고요. 그러니까 남편은 손수건을 두 개씩 갖고 다니는 남자였던 거예요. 게다가 똑같은 걸로.

"갑자기 어떤 얼굴이 떠올라서요."

명함을 숄더백에 집어넣으며 내가 말했어요.

"잘 웃는 분인가 봐요?"

집 근처 미용실을 두고 그곳까지 찾아가게 된 속사정을 꺼내놓을 기회였어요. 제라늄 얘기부터 차근차근 풀어갈 수도 있었겠죠. 하지만 용기가 나지 않았어요. 본의 아니게 꼭꼭 접어둔 사연을 펼쳐 보일 용기.

수혜자 앞에서 기증자의 유족임을 밝히는 게 용기가 필요한 일인지는 잘 모르겠지만, 그 순간

용기로써 누그러뜨려야 했던 어두운 감정의 정체
는 무엇이었을까. 당신이 처음 눈에 들어온 순간
부터 가슴 외진 곳으로 미열처럼 번져가던 불길
한 끌림 탓이었는지도. 당신과 나 사이에 남편 얘
기는 일종의 판도라 상자였으니까. 맨 밑바닥에
남은 불확실한 희망 하나로 수많은 절망을 견디
려는 무모한 마음을 먹게 되는 비극의 씨앗.

   그래서였을까. 미용실을 나와 다시 찾은 건너
편 2층 카페에서 이런 표정을 그려넣었던 건,

   입꼬리를 끌어 올리지 않을 때의 남편 표정.
   물론 잘 웃는 사람이었죠. 정확히 말하자면 잘
웃어 보이는 사람. 한 가지 톤으로만 연기하는 배
우처럼. 웃어 보일 때와 그렇지 않을 때의 인상
차이가 큰 사람. 웃어 보일 때는 모든 걸 다 품을
듯하다가도 그렇지 않을 때는 온 세상에 등을 돌
린 것 같은 사람. 어느 쪽이 진짜였을까. 대조적
인 두 표정 사이에는 얼마나 많은 비밀이 감춰져

있었을까.

내 시선은 길 건너편의 당신에게 향했어요. 당신 얼굴에서 단서를 구하려는 것처럼.

내가 쥘 수 있는 단서는 반쪽뿐이었어요. 당신의 옆얼굴. 당신은 거울에서 고개를 돌리는 법이 없었죠. 손님이 앞에 앉아 있을 때는 물론 빈 의자 뒤에 서 있을 때조차.

남편이 입으로만 웃는 사람이었다면 당신은 눈으로만 웃는 사람. 거울 너머의 누군가에게 눈빛으로만 말 거는 사람처럼 웃을 때도 입은 수평을 유지하고 있었죠. 나와 눈이 마주칠 때마다 꼬리가 자동으로 치켜 올라가던 그 입술이 맞나 싶을 만큼.

너무 몰입해 있었나 봐요. 당신이 이쪽을 보고 있다는 사실도 깨닫지 못할 만큼. 일순 가슴이 철렁 내려앉았어요. 눈길을 거둬들이는 것으로도 모자라 자리에서 벌떡 일어나고 말았죠. 내 존재

를 눈치챘는지는 알 수 없었지만 두어 모금밖에
안 마신 커피를 남겨두고 출입문으로 향했어요.
카페를 나와서도 도망치듯 걸음을 재촉했고. 골
목을 빠져나가도록 미용실 쪽으로는 눈길 한 번
주지 않은 채.

휴대폰이 울린 건 큰길로 접어들 즈음. 낯선 번
호였지만 무심코 통화 버튼을 눌렀어요.

"여보세요?"

"커피는 다 드신 거예요?"

"네?"

"괜히 저 때문에 일찍 일어서신 것 같아서요."

당신이었어요.

"어, 그게 아니라······."

얼굴이 화끈해지며 말문이 막히고 말았어요.

"괜찮으시면 커피 리필해드려도 될까요?"

"근무 중이시잖아요."

"다음 예약 손님까지 여유가 좀 있어요."

당신이 말을 채 마치기도 전에 나는 되돌아 걷
고 있었죠.

"커피 생각이 나서 들어와봤는데 나쁘지 않더

라고요."

조금 전 자리에 다시 앉으며 나는 묻지도 않은
말을 늘어놓았어요.

"저도 그래요. 머리 모양을 바꾼 날은 그냥 집
에 들어가고 싶지 않죠. 약속이 없으면 혼자 영화
라도 봐요."

민망한 기분을 잊게 만드는 심상한 말투. 의도
했든 아니든 당신의 말투에는 상대의 마음을 편
안하게 해주는 구석이 있었어요.

"바쁘시면 언제든 일어나셔도 돼요."

미용실 쪽으로 시선을 던지며 내가 말했어요.

"필요하면 월차라도 써야죠. 진작부터 뵙고 싶
었던 분인데."

카페로 되돌아올 때부터 예감하고 있던 일이었
어요. 그래요. 당신 얘기를 들은 건 한참 전이었
죠. 남편이 땅에 묻히고 두 달 뒤, 병원으로부터
수술이 성공적이라는 소식과 함께 피기증자가 만
나봤으면 한다는 얘기를 들었지만 내키지 않았어
요. 아니, 두려웠어요. 꿈속에서조차 텅 빈 얼굴로
나타나는 남편을 남몰래 품고 살아야 했던 시간,

그 와중에 당신 얼굴을 마주할 자신이 없었던 거예요. 당신을 만나면 남편은 영원히 텅 빈 얼굴로 남게 될 것 같았으니까.

"실은 용문역에서부터 눈치채고 있었어요."

"어떻게요?"

"초여름날 머리끝부터 발끝까지 완벽한 블랙이라서. 결정적으로 구두 굽에 묻어 있던 붉은 흙. 공원묘지의 흙이었죠."

"미용사로 가장한 셜록 홈스시군요."

"사람들 만나면 구두부터 봐요. 구두를 보면 어떤 타입인지 대충 감이 오죠. 까만 스웨이드 힐은 몽상가의 신발이에요. 겉으로는 현실적으로 보이지만 완전히 다른 세상을 꿈꾸며 살아가죠. 진짜 삶은 아직 시작되지 않았다고, 언젠가 눈앞에 펼쳐질 거라 믿으며."

당신답지 않은 열띤 어조. 사소한 것에서 자신만의 의미를 찾는 사람처럼.

"검은 구두가 그것뿐이었어요."

둘러대기는 했지만 속내를 들킨 기분. 회피하듯 시선이 아래로 향했어요.

"그럼 적갈색 로퍼는 말 못 할 비밀을 감추고 있는 사람인가요?"

이번에는 내가 당신의 신발을 내려다보며 말했죠.

"미용사들은 무조건 편한 신발을 신어요."

당신이 눈웃음을 지어 보이며 대꾸했어요.

문득 궁금해지더군요. 이 사람은 왜 안면 이식이 필요했을까. 어쩌다 얼굴을 잃었을까.

"어떤 분인지 궁금했어요."

당신이 나를 똑바로 바라보며 말했어요.

"만나보니 어떤가요?"

나도 당신을 마주 보며 물었죠.

"남편분 말이에요."

"아, 남편……."

따져보면 놀랄 것도 없는데, 왜 허를 찔린 사람처럼 중얼거렸을까. 애먼 명함으로 시선을 내리깔며.

어느 쪽이 남편의 진면목이었을까. 홈스 씨, 당신은 말해줄 수 있나요. 끈 없는 스니커즈를 즐겨 신던 남편은 어떤 사람인지. 빈칸이 다 없어지면, 두 줄로 나란한 열 개의 사각형 가득 상반된 표정이 번갈아 들어차면 진짜 얼굴 하나 공짜로 받아볼 수 있나요. 불필요하게 자라난 머리카락을 싹둑 잘라내면 진실의 민얼굴이 드러날까요.

6

 얼굴 기증에 처음부터 찬성한 건 아니었어요. 솔직히 무슨 말인지 이해조차 못했죠. 간이나 콩팥이라면 모를까. 다른 사람의 눈, 코, 입을 기다리는 환자가 있다니.

 "안면이오?"

 반문하지 않을 수 없었어요.

 "정확히는 각막, 코뼈, 턱뼈, 일부 피부 조직이죠. 같은 얼굴이 될까 걱정 안 하셔도 됩니다. 사람 인상은 눈매가 8할이니까."

 의사가 대답했어요. 자신의 눈매가 신경 쓰이는지 금테 안경을 밀어 올리면서.

"그러니까 남편 얼굴을……."

나는 말을 맺지 못했어요. 최면에라도 걸린 것처럼 스르르 눈이 감기는 바람에. 병상을 지키던 기나긴 밤에도 끄떡없었는데 느닷없이 밀려드는 졸음이라니.

눈을 떴을 때는 응급실 침대에 누워 있더군요. 손목에 수액 주삿바늘이 꽂힌 채로. 부스스 자리에서 일어나 화장실로 걸음을 옮겼어요. 전구 수명이 다했는지 빛이 들락날락했지만 세면대로 다가가 수도꼭지를 틀고 얼굴에 물을 끼얹는 데 큰 어려움은 없었죠.

고개를 드니 거울 속에서 파리한 낯빛의 퀭한 얼굴이 이쪽을 쳐다보고 있었어요. 눈 밑의 그늘 때문인지, 고집스레 다문 입매 때문인지, 어딘가 모르게 병상의 남편과 닮아 있는 얼굴. 슬라이드 필름이 넘어가는 사이사이처럼 어둠이 단속적으로 끼어들면서 거울 속 얼굴은 점점 남편을 닮아 갔어요.

나는 불을 껐어요. 거울 속의 어떤 얼굴을 지우려는 것처럼.

그길로 의사를 찾아갔죠.

재차 모습을 드러냈을 때 의사의 얼굴에는 실망의 빛이 스치더군요. 무리도 아니죠. 배우자 얼굴 기증에 동의하려고 수액 주머니까지 매달고 나타나는 보호자는 없을 테니까.

"사인할게요."

곧장 본론부터 말했어요.

"동의하신다고요?"

"이식하더라도 같은 얼굴은 아니라고 하셨죠?"

최종적으로 확인하듯 내가 물었어요.

"그럼요."

놀라는 기색을 감추지 못하며 의사가 대꾸했어요. 가망 없어 보이던 거래가 극적으로 성사되는 장면 속 사람처럼.

실제로 후속 절차는 모종의 계약처럼 흘러갔어요. 테이블에 보호자 동의서가 올라오고, '그럼, 당사자의 뜻을 존중해서……' '부군께서도 기뻐하실 겁니다' 하는 식의 마지막 덕담이 악수처럼 오간 뒤 마침내 만년필이 손에 쥐어졌죠. 뭉툭하면서도 손가락 사이로 쏙 들어오는 게 제대로 만들어진 물건이 틀림없었어요. 남편의 만년필처럼.

서명할 일이 있을 때마다 남편은 만년필을 고집했어요. 아파트 매매계약서부터 정기소독 확인서까지. 정규민. 이름 석 자만큼은 또박또박 공들여 적었죠. 연애 시절 책을 선물할 때도 만년필 글씨로 달랑 이름만 정서하곤 했어요. 이름 외에는 가급적 흔적을 남기지 않겠다고 작심한 사람처럼.

그랬어요. 묘도 비석도 다 필요 없다던 사람이었죠. "오늘을 기념하라. 남는 건 사진뿐." 반평생 사진사였던 아버지의 묘비명 앞에서 나온 얘기였어요. 화장해서 적당한 나무 밑에 뿌려달라더군요. "흙에서 흙으로, 깔끔하잖아? 정 허전하면 나무에 이름표나 달아주든가." 구질구질한 걸 싫어하는 사람 아니랄까봐.

"저기, 성함이……."

의사가 서명란을 손가락으로 가리키며 말했어요.

"네?"

"다시 쓰셔야겠는데요."

그제야 실수를 알아차렸어요. 내 이름 대신 남편 이름이 적혀 있더군요.

의사가 새 문서를 내오는 잠깐 동안 스스로에게 물었어요. 남편이라면 어땠을까? 답을 얻는 데 오래 걸리지는 않았어요. 나란히 장기기증 서약서를 작성하면서 남편은 말했죠. "손발도 기증할 수 있으면 좋을 텐데."

남편은 손이 참 예뻤어요. 피아노 건반처럼 길고 하얀 손가락. 피아노든 기타든 뭐라도 연주하면 잘 어울릴 것 같은 손이었죠.

이제 보니 보호자 이름 대신 묘비명을 적어 넣은 셈이네요. 당사자도 원치 않던 묘비명을. 어쩌면 달아나고 싶은 마음이었는지도 몰라요. 중국집이냐, 이태리 식당이냐 저울질하다 좋을 대로 하라며 공을 넘겨버리던 평소처럼. 전적으로 남편 뜻이다, 남편이 내린 결정이다, 빠져나갈 구멍이 생기는 거니까. 정말이지, 눈짓이든 손짓이든 최소한의 의사 표시만 가능했다면 동의서를 들고 중환자실로 달려갔을 수도 있었어요.

"좋은 일 하신 겁니다."

사인을 마치자 의사가 말했어요.

순간 알 수 없는 거부감이 들었어요. 내 서명을 손에 넣은 사람 입에서 공치사가 한 번만 더 나왔다면 마음을 바꾸었을지도 몰라요. 모든 것을 제자리로 돌려놓을 기회였으니까. 충동적인 결정이 불러올 파문의 맨 안쪽 동심원을 미연에 잠재울 최후의 기회였으니까.

나는 지금 후회하고 있는 걸까요. 잘 모르겠어요. 하루에도 몇 번씩 그날 그 순간으로 돌아가보지만 '만약에'의 소용돌이가 사그라들 즈음 가슴 밑바닥으로 내려앉는 감정의 빛깔은 그때그때 달라요.

"왜 하필 제 남편이죠?"

나도 모르게 튀어나온 말.

사실, 혀 위에서 맴돌던 말은 따로 있었지만.

'누군가요? 내 남편의 얼굴을 갖게 될 남자는 대체 어떤 사람인가요?'

반듯한 사람. 남편 영정을 지키던 사흘 밤낮 가장 많이 들려오던 조사弔詞. 무채색으로 갖춰 입은 사람들이 두 손을 앞으로 모으며 기도하듯 말했어요. 반듯한 분이었는데. 반듯한 친구였는데.

그러고 보니 남자가 생겼다는 소식에 아버지가 어떤 놈이냐고 물어왔을 때 내 첫마디도 같았네요.

"어떻게 반듯한데?"

아버지는 하자를 찾아내 흥정에서 유리한 고지를 점하려는 사람처럼 뾰족하게 물었어요.

"늘 웃는 얼굴이에요. 누구에게나 깍듯하고."

완고하게 다문 아버지의 입술을 빤히 쳐다보며
대꾸했어요.

손님들에게는 "웃으세요, 가물치" 외치면서도
웃음과는 담 쌓고 지낸 무뚝뚝한 입술.

아버지가 내 앞에서만 웃지 못하는 사람이라는
비밀을 안 건 아홉 살쯤이었어요. 길을 가다 우
연히 봤어요. 아버지가 낯선 남자아이에게 웃으
며 말 건네는 모습을. 남자애가 흘린 무언가를 주
워주며 웃는데, 웃는 모습이 너무 소름 끼쳤어요.
이목구비가 기이하게 뒤틀리는 게 웃으면 괴물로
변하는 저주에 걸린 사람 같았죠. 나는 속으로 생
각했어요. 아버지가 내 앞에서 웃지 않아 다행이
다. 흉측한 웃음을 코앞에서 맞닥뜨리는 일이 없
어서 참 다행이다.

"미스터 스마일."

남편이 사고를 당하기 전 같은 질문을 받았다
면 이렇게 소개했을지도 몰라요.

"내 영정을 미리 찍어주면서도 웃어 보일 남자
예요."

근육을 끌어당겨 페매기라도 한 듯 입꼬리를

올려 웃어 보일 줄 아는 남자. 빅토르 위고의 소설 주인공처럼. 사진관 카메라 뒤에서 잔뼈가 굵었다 도로 가늘어져가던 사내에게는 맞춤한 사윗감이었지만 아버지는 언제나처럼 어깃장부터 놓았어요.

"고사상 돼지머리도 아니고……."

언젠가 나도 남편에게 넌지시 물은 적이 있어요.

"엄마 배 속에서부터 웃으며 나온 건 아니지?"

새빨개진 얼굴로 악을 쓰며 우는 모습이 도무지 그려지지 않았거든요.

"내무반에 툭하면 재미있는 얘기나 해보라며 못살게 구는 선임이 있었어. 웃기지 못하면 곧바로 원산폭격. 결과는 번번이 실패였지. 이번만큼은, 하고 꺼내든 비장의 카드도 소용없었어."

남편은 그때도 입가에 미소를 머금고 있었어요.

"일부러 안 웃은 거야?"

내가 물었어요.

"아니, 한 번씩 웃긴 했는데 유독 나한테는 웃어주지 않았어. 다른 사람들이 웃기면 웃음을 억지로 참는 기색이라도 보였지만 내 앞에서는 달랐어."

"어떻게?"

"경멸하는 눈빛이었지. 무슨 벌레 보듯……."

이 대목에서는 눈 밑에 그늘이 드리웠어요. 입꼬리는 여전히 끌어 올려진 채였지만.

"그날도 준비해온 얘기를 억지로 마치고 싸늘한 침묵을 견디는 중이었어. 최종선고를 기다리는 미결수가 따로 없었지. 벌레 보는 듯한 눈빛이 참기 힘들어 입만 주시했어. 입꼬리가 올라가면 무죄, 수평인 채 주름만 잡히면 유죄. 마른침을 삼키며 입꼬리를 뚫어져라 보고 있는데 에헴, 하고 선임이 헛기침을 하지 뭐야. 나도 모르게 웃음이 터져나오기 시작했어. 머릿속에서 무언가 툭 끊어져버린 것처럼 웃음이 멎지 않더라고. 얼굴이 벌게진 선임에게 따귀를 거푸 얻어맞는데도 멈출 수 없었어. 돌았냐며, 무시하는 거냐며 길길이 날뛰는 인간을 온 소대원이 달려들어 말리도록. 진짜로 돈 사람처럼. 피범벅이 된 입으로 흐흐흐 웃어댄 거야."

남편이 말을 끊고 잠시 사이를 뒀어요.

"그래서?"

내가 결말을 재촉했죠.

뜸 들이던 남편이 마침내 입을 열었어요.

"그 뒤로는 슬슬 피하더라고. 알고 보면 은인이지. 제대로 웃는 법을 가르쳐줬으니까."

남편이 입꼬리를 더 끌어 올리며 이야기를 마쳤어요.

천성적으로 낙천적인 사람인 줄 알았는데 그 얘기를 들은 뒤론 웃는 모습이 달라 보였어요. 뭔가를 견디는 것 같았달까.

군대는 그렇다 쳐도 나와 살면서는 대체 무엇을 견뎌야 했을까. "같이 살까?" 이쪽에서 먼저 결혼 얘기를 꺼냈을 때도 남편은 말없이 웃기만 했죠. 어쩐지 애매한 미소였지만 거절당하지 않은 것만으로도 기뻤어요. 결혼식장에 들어서기까지 크고 작은 일들이 다 내 몫이 되었을 때도 섭섭하지는 않았어요. 묵묵히 따라주는 것만으로도 좋았죠. 그때도 남편은 무언가를 견디고 있었던 걸까.

나는 그런 남편의 비밀스러운 과묵함마저 마

음에 들었어요. 예술가연하지만 더없이 속물적인 남자들에 질려 있기도 했고. 누가 누구랑 잤다더라, 누구 작품이 소더비에서 얼마에 팔렸다더라. 피카소가 되고 싶어 하는 고갱들. 피카소는 어떤 여자와 살던 시기냐에 따라 전시 룸이 나뉘는 유일한 화가고, 고갱은 예수상을 자화상 배경으로 그려 넣은 하나뿐인 화가죠. 여성 편력을 천재성의 증거로 착각하는 허영 덩어리들이라는 소리예요.

피카소니 고갱이니 하는 얘기엔 관심 없다는 거 알아요. 당신이 궁금해하는 건 오로지 남편. "남편분은 무슨 샴푸를 썼나요?" "남편분은 어떤 프로를 즐겨 봤나요?" 머리를 감겨주다가도, 텔레비전에 눈길을 주다가도 어김없이. 절대 뻔한 질문은 하지 않았죠. 남편의 전기 작가와 만나는 기분이랄까.

불만스러웠다는 뜻은 아니에요. 내가 당신 입장이었어도 다르지 않았을 테니까. 각막의 원래 주인은 어떤 여자였을까. 입술의 원래 주인은 어떤 사람이었을까. 아침에 눈뜰 때마다, 잠자리에 들기 전 양치질을 할 때마다 궁금해졌을 테니.

내가 먼저 얘기를 꺼낼 때도 많았죠. 남편 얘기를 들려주는 동안 만큼은 희한하게도 남편의 부재가 드리운 어두운 감정의 그림자에서 놓여날 수 있었거든요. 칼집에서 빠져나온 칼이 감춰온 날카로움을 잃듯 입 밖으로 나와버린 불행은 불길한 힘을 잃어버리니까. 화제가 옆길로 새면 오히려 불안해지곤 했어요. 볼일은 아직 멀었는데 누군가 화장실 문을 거칠게 두드릴 때처럼.

내 얼굴만 보면 뭘 사달라는 학생이 있어요. "쌤, 떡볶이 먹고 싶어요." "쌤, 컵라면요." "쌤, 아이스크림 사줘요." 남편을 잃은 뒤부터였을 거예요. 처음에는 뭐 저런 애가 있나, 기운 내라는 말은커녕 군것질 타령이라니, 짜증이 일었는데 나중에는 그냥 인사만 하고 지나가면 허전하더라고요. 떡볶이든 뭐든 내가 사준 걸 열심히 먹고 있는 모습을 가만히 지켜보고 있노라면 어느 먼 곳에서 가로등이 하나둘 켜지는 기분이었거든요. 의도야 어쨌든, 위로받고 있었던 거예요.

그거 알아요? 여학교 여자들은 대밭의 대나무

들 같아요. 선생까지 포함해서. 한 그루도 빠짐없이 뿌리를 공유하고 있어서 겉으로 드러나지 않게 속속들이 영향을 주고받죠. 몇십 년, 몇백 년만에 한 번 일제히 꽃 피우고 한꺼번에 말라죽을 정도로.

남편은 어떤 사람이었냐고요? 아버지에게 소개하던 첫마디처럼, 문상객들의 조사처럼 반듯한 사람이었다고 대답할 수도 있었겠죠. 망자에게 산 자들이 그러하듯, 속을 알 수 없는 사람이라는 뒷면 대신 깔끔한 사람이라는 앞면을 내보일 수도 있었겠지만 정작 입에서 나온 말은 스스로도 의외였어요.

"정확한 사람이었달까요."

애당초 남편에게 정확한 사람이라는 평을 내린 장본인은 아버지였어요. 남편이 예비신랑 자격으로 밥상머리에 소환된 날이었죠. 남편이 잠깐 화장실에 간 사이 아버지가 밥상을 내려다보며 흡족한 얼굴로 말했어요. "정확한 사람이구나."

가자미구이가 담겨 있던 접시에는 가시만 남았더군요. 살점 하나 없이 깨끗하게 발린 모습을 보

자마자 무슨 뜻인지 알아들었어요. 뒷손이 꼼꼼
해 음식이든 일이든 한번 손댄 건 깔끔하게 일단
락 짓는 성정을 모르지 않았지만, 가자미의 잔해
는 엄밀한 고고학적 공정에 의해 발굴, 복원된 화
석 표본 같았죠.

남편이 돌아간 뒤 아버지는 선고를 내리듯 말
했어요. "완전한 대칭이더라. 얼굴만 수천, 수만
번 찍어봐서 안다. 좌우 균형 잡힌 얼굴치고 허튼
사람 없다."

"정확한 사람이오?"

당신이 반문했어요.

"생선 가시를 완벽하게 바르는 사람."

"아."

당신은 충분히 이해했다는 듯 고개를 끄덕였어
요.

남편의 얼굴을 한 당신과의 대화가 의외로 부
담스럽지 않았던 이유 중 하나. 당신은 말귀가 밝
은 사람이었죠. 아버지나 가자미 얘기까지 구구
하게 덧붙일 필요가 없었다는 소리.

다만 대칭 얘기는 생략했어요. 얼굴은 물론 눈,

코, 입술 같은 단어는 암묵적 금기어였으니까. 당신 얼굴의 미묘한 비대칭은 성공적이라던 안면 이식수술의 불가피한 부산물일 가능성이 높았으니까.

"정확한 사람."

당신은 전해 들은 이름이라도 되뇌듯 중얼거렸어요.

당신과의 대화 속에서 남편은 아득하지만 가닿는 게 불가능하지는 않은 다른 시간, 이질적 공간에 발 딛고 있는 존재 같았어요. 지구 반대편 어딘가로 삶의 터전을 옮긴 이민자처럼. 당신은 머나먼 외국에서 전학 온 아이에게 그 나라 얘기를 묻는 시골 아이처럼 굴었고. 호기심 어린 눈빛에 막연한 동경이 어른거리는 아이.

"남편은 자기 일을 좋아했나요?"

"외환 딜러요?"

남편이 그 일을 좋아했는지는 몰라도 기꺼이 했다는 건 확실히 말할 수 있어요. "살아 있는 생물처럼 시시각각 오르내리는 그래프를 따라가고 있노라면 불필요한 생각이 끼어들 틈이 없거든."

64

일견 화려해 보이는 직업조차도 남편에게는 무언가를 견디기 위한 방편이었던 거예요. 그래서였을까. 퇴근 후에도 뉴욕 증시 현황표를 뚫어져라 들여다보는 남편의 얼굴 위로 웃긴 얘기를 쥐어짜내던 군대 시절의 모습이 겹쳐졌어요.

"어떤 의미에서는 조상의 가오를 지키는 전위부대라고 하더군요."

변동금리, 기축통화, 유동자산, 헤지펀드 같은 전문용어를 늘어놓던 남편이 링으로 수건을 던지듯 내뱉은 말.

"조상의 가오요?"

"신사임당, 세종대왕, 이이, 이황, 이순신."

나는 남편의 답을 그대로 옮겼어요.

"그런 농담도 했다고요?"

소리 내어 웃는 당신의 반응이 당황스러웠어요. 남편에게 그 말을 들었을 때 나는 웃지 않았으니까. "화폐 모델은 왜 모두 조선시대 인물이지?" 하고 물었다가 "초상肖像이 남아 있어야 하잖아"라고 면박당한 기억뿐. 그런 농담을 할 사람이 아니라는 듯한 말투. 남편을 언제 봤다고. 게다가 당신의 웃는 얼굴. 입꼬리까지 끌어 올리며 웃는 모습은 처음이었어요.

남편이 눈앞에서 웃고 있는 것 같아서 하마터면 벌떡 일어설 뻔했어요. 가운을 두른 채 미용실에서 뛰쳐나갔을 때처럼. 그나마 널뛰는 가슴을 눌러앉힐 수 있었던 건 입꼬리 간의 미묘한 비대칭 덕이었죠.

어쨌든 문제는 얼굴이었어요. 남편이 유품처럼 남기고 간 얼굴. 전기 작가와의 인터뷰에 응하는 유족 역할에 아무리 몰입하려 해도 전기의 주인공에게 얘기하는 기분을 떨칠 수 없었어요.

"그 사람 얘기가 왜 그리 궁금해요?"

나도 모르게 따지듯 묻고 말았어요.

나는 제 발소리에 놀란 도둑처럼 움츠러들었지만, 당신은 주저 없이 대답했어요.

"두 번째 삶을 주신 분이니까."

갑자기 가슴이 뛰기 시작했어요. 익숙한 모퉁이 너머에서 새로운 풍경과 맞닥뜨린 것처럼. 길을 잃어버릴지 모른다는 불안과 막다른 골목이 아니었다는 안도. 서로의 동심원 안쪽을 좀먹어

들어가면서도 부추기듯 나란히 커져가는 모순된 두 개의 파문. 두 번째 삶이란 나에게 그런 의미였죠. 또 다른 삶. 남편과 살면서 막연한 공상으로만 품었던 '가보지 못한 길'.

8

"사진이 별로 없네요."

남편 사진들을 훑어보고 나서 당신이 말했어
요.

대부분 여행지에서 의무라도 행하듯 찍은 커플
사진. 자유의 여신상, 에펠탑, 금각사가 주인공인
인증샷들. 모두 내 휴대폰에 있던 것이었죠. 카메
라와 소원했던 남편의 그나마 몇 안 되는 기록들.

당신이 원했던 건 얼굴이 클로즈업된 사진이었
을까. 기증자의 얼굴을 자세히 보고 싶은 마음이
라면 이해할 수 있어요. 나라도 그랬을 테니. 동
영상은 없냐고 물어왔대도 크게 놀랄 일은 아니

었죠. 먼저 남편 사진을 보여준 쪽도 나였어요. 당신이 남편을 닮아간 것도 사진을 본 뒤부터였고.

당신을 이용했다고 생각하지는 않아요. 이용이라니. 한 번이라도 더 만나기 위해 상대가 내심 원하는 바를 알아서 해주는 행동에 붙이는 딱지라면 당신도 자유롭지 못할 거예요. 남편의 전기 작가 행세로 감춘 진짜 목적은 뭐였죠? 그저 나를 한 번 더 만나려던 게 아니라 해도, 무언가를 얻어내려던 것이었다 해도 탓할 생각은 추호도 없어요. 원하는 게 없는 사람은 산송장이나 다름 없으니까. 누군가를 특별하게 여기는 마음과 무언가를 원하는 마음이 칼로 무 자르듯 깨끗이 나 뉠 수 있을까. 관건은 공평하게 주고받는 것 아닐까.

세상에 공짜는 없죠. 사람들이 사랑이라 부르는 일조차도.

남자들은 어떤지 몰라도 여자들은 본능적으로 알아요. 상대가 무엇을 원하는지. 그게 나의 일부 인지 전부인지. 그럼에도 일부에 전부를 걸곤 하죠. '일부임에도'가 아니라 '일부라서' 전부를 거는 거예요. 전부를 걸면 그 일부가 머잖아 전부로 바뀌리라는 주술적 믿음.

내 존재가 만남의 전부였다면 죽은 남편의 사진을 더 보여달라는 말은 꺼낼 필요가 없었겠죠. 서운했다는 얘기는 아니에요. 비대칭적 감정 교환이야말로 당신을 만나며 무엇보다 경계한 부분이었으니까.

눈에는 눈, 심장에는 심장.

당신도 나름 선은 지켰어요. 눈을 건네며 심장을 요구하지는 않았죠. 설령 그랬대도 또 다른 심장으로 보상받을 거라는 기대 없이 갈빗대 밑으로 손을 가져갔겠지만. 당신은 남편이라는 내 머릿속 구멍으로 통하는 유일한 입구이자 거기에서 빠져나오는 하나뿐인 출구였으니까. 당신을 만나는 동안에는 남편이라는 그림자에서 벗어날 수 있었으니까. 얻어맞아가면서도 상대를 한사코 껴안으려 드는 겁먹은 복서처럼.

그런 나를 이용했다고 비난할 생각은 없어요. 당신 역시 불안을 떨치지 못하는 다람쥐처럼 손에 들어온 도토리를 여기저기 나누어 묻느라 종 종거렸으니까. 나중에 혼자 파먹기 위해서라기보다 그저 파묻는 모습을 보여주려는 것처럼.

내 연기가 온전히 당신에게 맞춰졌듯 당신의 연기를 알아봐줄 관객 또한 세상에 나뿐이었죠. 설령 가장 비판적인 관객이 되더라도 어쩔 도리 없이. 당신에게도 나는 입구이자 출구였으니까. 어디로 향하는 입구인지, 무엇에서 벗어나는 출구인지는 짐작조차 할 수 없었지만.

이를테면, 우리는 아무리 내려가도 결과적으로는 올라가는 꼴이고 아무리 올라가도 내려가는 모양새인 악마의 계단에 던져진 셈. 쫓는 쪽과 쫓기는 쪽을 구분하는 건 불가능하죠.

유감스럽게도 사진은 더 보여줄 수 없었어요. 남편 휴대폰에 걸린 암호. 암호를 걸어둔 사실이 놀랍지는 않았어요. 잠긴 현관문 손잡이도 재차 돌려보는 남편이었으니 오히려 반대였다면 이상했겠죠. 그런데 홈 버튼을 누르면 득달같이 뜨는 암호 입력창이 비밀 통로로 향하는 육중한 출입문처럼 느껴진 건 무엇 때문이었을까.

①②③
④⑤⑥
⑦⑧⑨
⓪

　3열 종대로 늘어선 숫자 너머에 감춰진 삶. 생일이나 주민번호로는 당연히 열 수 없었고, 결혼기념일, 차량 번호, 집 주소, 심지어 신발 치수까지 시도해봤지만 허사였어요. 심중 가는 숫자가 동이 나자 0000부터 9999까지 차례대로 입력해볼까 하는 생각마저 들었죠. 산술적으로는 만 가지 조합이 가능하더군요. 하루에 열 개씩이면 1000일, 100개씩이면 100일. 엄두가 나지 않았어요. 저수지에 돌멩이를 던지는 심정으로 아무 숫자나 눌러댔죠. 열려라 참깨. 주문과 함께. 동굴 문이 열리면 끔찍하게 널린 시체들과 맞닥뜨릴지도 모른다는 불길함을 누르면서. 결혼 생활의 성패가 오로지 거기 달린 것처럼. 내 힘으로 암호를 풀지 못하면 지난 7년의 삶이 모두 거짓으로 전락하고 말 것처럼.

하루에도 몇 번씩 희망의 온탕과 절망의 냉탕을 오락가락한 시간. 남편의 반듯한 모습 너머에서 문득문득 엄습해오던, 껍데기를 붙들고 있는 듯한 불안감 때문이었을까. 온탕의 기억이 차갑게 식어 냉탕으로 밀려나게 되면 무언가에 쫓기는 사람처럼 남편 휴대폰에 매달렸죠.

어쩌면 내 휴대폰 때문이었는지도 몰라요. 암호가 걸려 있지 않은, 아니 암호가 걸려 있었다 해도 남편이 굳이 열어보려 애쓰지 않았을 내 휴대폰. 그 흔한 비밀 하나 없던 가련한 내 휴대폰. 우연히 연락이 닿은 첫사랑의 연락처만 빼고.

새 원피스를 샀는데 마땅히 입고 나갈 자리가 없어서였죠. 첫사랑이 어떻게 변했을지 궁금하기도 했고. 남자들은 10년 단위로 털갈이라도 하는 걸까. 발치에 펼쳐진 서울의 야경, 불빛을 타고 흐르던 재즈풍 음악, 가벼운 꽃향기를 풍기던 와인이 한데 어우러져 빚어내던 어떤 격조 탓일까. 사마귀처럼 위태위태하던 분위기였는데 꽤나 안정감이 생겼더라고요.

옛날 얘기를 꽃피우고 있자니 스무 살로 돌아

간 것 같았어요. 언제든 달아날 준비가 되어 있던 스무 살이 아닌 달아나도 소용없다는 걸 알아버린 스무 살로.

와인이 두 병째 바닥날 즈음이었어요. "그런데 우리가 어쩌다 헤어졌지?" 첫사랑이 반쯤 풀린 목소리로 물었죠. 나는 화장실 핑계를 대고 자리에서 일어났어요. 몇 시쯤이나 됐는지 시간을 확인하면서. 립스틱을 덧바르기 전에 치실을 꺼내 잇새를 정리하는데 트림과 함께 닭 내음이 희미하게 올라왔어요.

통닭. 첫사랑과 멀어진 건 통닭 때문이었어요. 군대 면회 갈 때마다 싸들고 가야 했던 남자친구의 단골집 통닭. 시외버스의 시큼털털한 공기로 퍼져나가던 통닭 냄새. 백병전이라도 벌이듯 달려들던 남자친구가 총 맞은 사람처럼 늘어져버린 뒤에도 여관방에 오래오래 진동하던 그 냄새.

나는 립스틱을 티슈로 지웠어요. 입에 음식과 와인이 닿기 전 상태로. 수도꼭지를 틀어 입안의 흔적까지 깨끗이 씻어냈죠. 쏟아져 내리는 물의 회오리가 스물의 나날을 낚아채 사라지는 모습을 담담한 눈길로 지켜봤어요.

그날 입고 나간 원피스에는 두 번 다시 손이 안 갔어요. 통닭은 냄새도 맡기 싫어하게 된 것처럼. 다행히 남편은 튀긴 음식을 별로 좋아하지 않았죠. 어쨌든 큰맘 먹고 산 옷이었는데. 첫사랑을 한 번 더 만났더라면, 그 원피스를 멀리하지 않았다면 덜 억울할까. 부당하게 가로막아선 문을 두드리듯 가망 없어 보이는 숫자를 입력하는 손가락을 멈출 수 있었을까. 열 개의 숫자들이 일제히 비웃고 있는 것처럼 보이는 일은 없었을까.

　토요일 저녁에 시간이 되느냐고 당신에게 물은
건 명함 뒷면의 빈칸이 여섯으로 줄던 날이었어
요. 뮤지컬 초대권이 생겼는데 동행할 사람이 없
다는 구실로.

　"좀 걸을까요?"

　뮤지컬 「맘마미아」를 보고 나오는 길에 당신이
물었어요.

　사람들이 뮤지컬처럼 모든 말을 노랫가락에 실
는다면 세상이 더 평화로워질 텐데, 노래 못하는
사람들은 점점 과묵해져 오해가 쌓이고 다툼이
늘지도 모른다며 우스갯소리를 주고받던 터라 가

벼운 마음으로 응했어요. 저녁 먹기엔 이르기도
했고 공기에서 잘 마른 빨래 냄새가 나는 날이었
죠.

"재미있었어요?"

내가 물었어요.

"즐겨 듣는 곡이 많아서 시간 가는 줄 몰랐어
요."

"아바 좋아해요?"

"두 번째로."

"첫 번째는요?"

"아직 없어요."

"그런 말이 어딨어요."

"첫 번째가 남아 있다고 생각하면 덜 쓸쓸하거
든요."

우리는 횡단보도를 건너 인적이 드문 길로 접
어들었어요. 정체 모를 가게들이 어깨를 움츠리
며 맞댄 골목이 미로처럼 이어졌지만 갈림길에서
도 머뭇거리지 않았죠. 딱히 목적지가 있다기보
다는 어디든 상관없다는 걸음걸이로.

커피 잔을 사이에 두고 마주 앉은 것처럼 대화

는 간단없이 이어졌어요.

"두 번째로 좋아하는 뮤지컬은 뭐예요?"

화제가 날씨와 저녁 메뉴를 거쳐 뮤지컬로 돌아오자 내가 물었어요.

"「오페라의 유령」. 팬텀이 「뮤직 오브 더 나이트」를 부르는 장면이 압권이죠. 크리스틴 앞에 모습을 드러내지만 여전히 가면을 벗을 수 없는 팬텀. 흉측한 얼굴에 두려움을 느끼면서도 끌리는 마음을 어쩌지 못하는 크리스틴. 전주만으로도 심장이 방망이질하면서 온몸에서 힘이 쭉 빠져나가요. 쓰러지듯 팬텀의 품에 안기는 크리스틴처럼."

"맞아요."

"다른 뮤지컬도 그렇지만 그건 꼭 오리지널을 봐야 해요. 브로드웨이 버전으로. 저녁은 리틀 이탈리아에서 시칠리아풍 가정식으로 즐긴 다음 이스트강을 따라 맨해튼의 야경을 눈에 담으면 완벽하죠."

"가봤어요?"

"일주일에 한두 번."

"네?"

"지도를 들여다보며 거리를 걷는 상상에 빠지곤 해요. 이제는 눈만 감아도 골격부터 실핏줄까지 도시 전체가 머릿속에 그려져요. 업타운, 미드타운, 다운타운, 소호, 첼시, 그리니치 빌리지, 파크 에비뉴, 풀튼 스트리트……."

당신은 수줍은 듯 반 발짝 앞서가며 말했죠.

"뉴욕은 신혼여행지였어요."

내 말에 당신이 문득 걸음을 멈췄어요.

"아, 신혼여행."

당신은 혼잣말처럼 중얼거렸어요. 내가 강 건너편 둑 위에 서 있기라도 하듯 아득한 눈길로 바라보며.

남편 얘기라면 호기심을 감추는 법이 없던 당신답지 않게 여행은 어땠느냐는 의례적 질문조차 없이 곧바로 발을 놀리기 시작하더군요.

당신이 물어왔다면 이렇게 답했을 텐데.

'실은 뉴욕에서 가장 먼저 한 일이 「오페라의 유령」을 본 거였어요. 그곳을 신혼여행지로 정한 절반의 이유였죠. 신기한 일도 다 있네요. 남편도 그 장면을 좋아했는데. 나머지 절반의 이유는 뉴욕 현대미술관이었어요. 남편에게 뉴욕이 팬텀의 도시였다면 나에게는 「별이 빛나는 밤」의 도시였죠. 유명한 그림은 직접 보면 실망스럽기 마련인데 고흐가 제 발로 정신병원에 들어가 그린 작품은 달랐어요. 특유의 강렬한 붓 자국마다 광기에 가까운 열정과 죽음에 이르는 고독이 살아서 꿈틀대는 듯했죠. 고압전류에 감전된 것처럼 그림 앞을 떠날 수 없었어요.'

어쩌면 첫 부부 싸움 얘기까지 이어졌을지도 모르죠.

'현대미술관 가는 도중에 무슨 일로 옥신각신하다 따로 관람하게 되었어요. 1층 기념품숍에서 만나기로 했는데 30분 늦었더니 없지 뭐예요. 휴대폰은 꺼져 있고. 삐쳐서 혼자 센트럴파크에 갔나 싶어 허둥지둥 뒤따라갔는데…….'

하지만 당신은 말없이 걷기만 했고, 나는 나대로 무슨 실수라도 한 건가, 신혼여행 얘기는 괜히 꺼냈나, 좀 전 상황을 복기하느라 여념이 없었어요.

"들어가볼래요?"

'타로'라는 두 글자가 단정한 손글씨로 적힌 천막 앞에서 당신이 물었어요.

"좋은 소리 듣는 쪽이 밥 사기로 해요."

나는 흔쾌히 대답했어요. 예전부터 한 번쯤 들어가보고 싶었거든요.

머리를 와인색으로 물들인 사내가 뜨개질을 하며 우리를 맞이했죠. 목에 칭칭 감긴 털실 목도리의 한쪽 끝을 붙들고서 대바늘을 놀리고 있었는데, 목도리도 와인색이라 마치 머리카락 길이를 한 땀 한 땀 늘이는 것처럼 보이더군요.

"뭘 알고 싶어?"

사내가 뜨개질을 멈추고 물었어요.

"글쎄요."

내가 먼저 입을 열었어요.

"타로는 처음?"

"네."

"생년월일이 어떻게 돼?"

나는 순순히 대답했어요.

사내가 카드 한 장을 내밀었어요.

"어때?"

"흰옷을 입은 여자가 사자의 턱 밑을 쓰다듬고 있어요."

"느낌을 말해봐."

"위태로워 보여요."

"뭐가?"

"사자가 언제 돌변할지 알 수 없잖아요."

사내는 고개를 숙이더니 뜨개질을 재개했어요.

내 운명의 봉인이 풀리기를 기다리며 카드를 들여다보는 동안 보이지 않던 것들이 하나둘 눈에 들어왔어요. 여자의 머리 위로 후광처럼 드리운 뢰비우스의 띠, 카드 하단에 적힌 'STRENGTH'라는 글자, 날카로운 사자의 발톱. 하나같이 내 운명과는 무관해 보이는 것들.

"안에 사자 한 마리가 있는데 족쇄를 채워놓았구만."

사내가 뜨개질을 멈추고 입을 뗐어요.

"족쇄라고요?"

"두려움 때문이지. 언제까지고 묶어둘 순 없어. 사자는 사자니까."

"그럼 어떻게 해야 되죠?"

"용기가 필요해. 사자를 풀어놓고 길들일 용기. 두려워하면 잡아먹히는 법이야."

왠지 어깃장을 놓고 싶은 마음이 치밀었지만 꾹 참았어요.

"다음."

사내는 다시 뜨개질로 돌아갔어요.

"1980년 1월 3일."

당신 목소리에 반사적으로 고개를 돌릴 수밖에 없었어요. 지난번 당신이 물었을 때 알려준 남편의 생년월일이었으니까. 자신보다 남편의 운명을 더 궁금해하는 마음을 어떻게 받아들여야 했을까. 하지만 나 역시 귀 기울이지 않을 수 없었죠. 'THE FOOL'이라 이름 붙여진 남편의 운명 앞에서.

"어때?"

사내가 물었어요.

"광대 복장에 괴나리봇짐을 멘 사내라. 자유로워 보이지만 위험해 보이기도 하네요. 한 발만 잘못 내디디면 낭떠러지니까."

이번에도 사내는 잠시 대화를 끊은 채 한동안 대바늘을 움직였어요. 저 높은 곳의 어떤 목소리를 수신하는 것처럼.

잠시 후 사내가 손놀림을 멈추고 다시 입을 열었어요.

"궁정의 광대는 바보인 척하지만 왕의 어두운 비밀을 품고 있어. 나 하나 바보 되면 모두 무사하지만 똑똑하게 굴면 다 죽어. 사람들이 내게서 보는 것은 진짜 내가 아니야. 진짜 나는 왕의 어둠 속에 있지."

어느새 나는 자세를 바로 하고 있었어요.

광대, 어두운 비밀. 진짜 나.

그러니까 웃음 뒤에 감춰진 진짜 남편의 진실.

어서 자리를 뜨고 싶어졌어요. 조금 더 있다가는 알고 싶지 않은 그 진실을 듣게 될 것만 같았죠. 하지만 보이지 않는 어떤 힘에 결박된 것처럼, 아니, 사자 앞에서 굳어버린 사람처럼 옴짝달싹할 수 없었어요.

10

살다 보면 남몰래 입술 깨물게 되는 순간이 불쑥불쑥 찾아오죠. 나와 똑같이 생긴 도플갱어는 어딘가에서 다른 인생을 살고 있을 거라는 상상에 기대지 않으면 견딜 수 없는 순간.

홀로 남은 교무실에서 죽은 남편의 휴대폰과 씨름하다 문득 저녁 어스름에 잠긴 운동장을 바라볼 때, 조금 전까지 사랑을 나누던 남자가 이내 혀 잘린 자의 무서운 침묵으로 멀어져 갈 때, 빨래 바구니 속 남편의 바지 주머니에서 감당하기 힘든 비밀의 작은 퍼즐 조각을 발견할 때.

문학구장 예매권. 남편이 응원하는 팀과 무관

한 대진표가 찍힌 2인 티켓. 왜 그날 야근이라고 말했는지, 그냥 친구들이랑 바람 쐬러 갔었냐고, 몇 번이고 물으려다 차마 입이 떨어지지 않아 못 본 척 넘어가버린 불길한 전조. 전조라기엔 이미 부정할 수 없는 현실이었죠. 그 뒤로도 야근하는 많은 날들 중 꽤 여러 날 그곳에 갔었다는 현실. 남편은 짐작도 못 했을 거예요. 남인천톨게이트가 찍힌 하이패스 사용 내역을 수시로 확인하며 무너져 내리던 내 안의 무언가를.

사고 소식을 전해 듣는 순간 동승자의 존재 여부부터 궁금해했던 내 반응을 이해할 수 있겠어요? 직장 동료들과의 설악산 등반 여행 얘기를 듣기 무섭게 직감했죠. 그 사람이구나. '문학구장'. 캐묻고 싶은 마음이 굴뚝같았지만 역시 또 묻지 못한 건, 맞아요, 두려움 때문이었어요. 사실대로 대답할까봐 두려웠던 거예요. 남편은 그러고도 남을 사람이었으니까. 얼굴을 마주하고 물으면 절대 거짓말을 못 하는 사람.

그래서 마지막도 끝내 뒷모습이었죠. 뒤돌아앉은 남편은 한쪽 무릎을 세운 자세로 쭈그린 채

등산화 끈을 묶고 있었어요. "내일 늦어?" 하는 물음에 "어" 아주 먼 길 떠나는 사람처럼 끈을 잔뜩 조여 묶으며 대답했죠. "언제쯤 와?" 재차 물었다면 돌아보았을까. 얼굴을 보이며 주저하는 빛이라도 내비쳤을까.

본 적도 없는 어떤 존재가 머릿속에서 떠나지 않았어요. 뭐 하는 사람일까? 어떻게 생겼을까? 키는 클까? 목소리는? 남편과 만나면 무슨 얘기를 나눌까? 동반 이송된 환자가 없다는 의외의 소식을 들을 때까지.

가늠할 수 있어요? 남편 제단에 향불 올리는 사람의 손길에서 무언가를 찾아내는 기분을. 상상이 가요? 남편 영정에 머리 조아리는 사람의 몸짓에서 무언가를 가려내는 마음이. 짐작이나 할 수 있어요? 쭈뼛쭈뼛 추모의 뜻을 전해오는 검은 눈빛에서 무언가를 읽어내려는 심정을.

반듯한 사람이었는데. 조문객 입에서 그 말을 들을 때마다 바깥 공기라도 한 모금 쐬지 않고는 배길 수 없었어요. 반듯한 사람이 왜? 내가 무슨 잘못을 저질렀기에? 한 남자에게 사랑받고 싶어

한 잘못? 제일 견디기 힘든 건 실제로 반듯한 사람이었다는 사실. 스스로를 들볶는 질문이 급기야 '반듯한 사람으로 죽어서는 안 되는 거였어'라는 지경에 이르러서야 진저리치며 의연한 미망인으로 돌아갈 수 있었죠.

"기다리는 전화라도 있어?"

화들짝 놀라 고개 들어보니 국어 선생이었어요.

"아직 퇴근 안 하셨어요?"

남편 휴대폰을 책상에 슬그머니 내려놓으며 대꾸했어요.

"문예반 애들하고 시화전 의논 좀 하느라고."

"웬 화분이에요?"

국어 선생 손에는 작은 화분이 들려 있었어요. 제라늄 화분.

"학생이 선물이라며 줬어."

"무슨 날이에요?"

"그냥, 자기 생각을 한시도 게을리하지 말아달라나."

국어 선생이 웃음 띤 얼굴로 말했어요.

"네?"

"제라늄 꽃말이 그렇다네. 당신 생각이 뇌리에서 떠나지 않아."

국어 선생이 교무실을 나가자마자 다시 남편의 휴대폰을 집어 들었어요. 이런저런 숫자를 떠올리려 애쓰는 동안 맞은편 책상 위 화분에서 눈길을 거둘 수 없었어요. 첫 기일 남편 무덤가에 심겨 있던 붉은 꽃. 이내 남편 기일을 입력하고 있는 스스로의 모습에 헛웃음이 나왔지만 손가락은 제멋대로 움직였어요. 역시나 말도 안 되는 숫자. 한 번 더 제멋대로 숫자를 눌러댄 후 믿을 수 없는 일이 벌어졌어요. 열려라 참깨. 비밀의 문을 거짓말처럼 열어젖힌 주문.

0401. 만우절. 남편이 사고당한 날. 저세상으로 가는 사람이 건넨 마지막 농담 같은 날짜. 빗장 풀린 휴대폰을 쥐고 넋 나간 사람처럼 앉아 있어야 했죠. 왠지 바보가 된 기분에 휩싸인 채.

불현듯 잠금 해제된 머릿속으로 진실의 일단이 펼쳐졌어요. 그 남자. 무언가 미심쩍어하는 기색을 입 냄새처럼 풍기던 보험사 사내의 말이 일순 의미심장해진 거예요. 중요한 대목에서 헛다리

짚고 말았지만. 자살하기로 마음먹은 날짜를 휴대폰 비밀번호로 설정하는 사람은 없을 테니까.

보험사 사내의 말은 이렇게 정정되어야 했어요.

"좌회전해 오는 뺑소니 차량이 눈앞에 나타났을 때 고객님께서는 운전대를 오른쪽으로 꺾으셨어요. 목숨을 걸고 누군가를 지키려 드는 사람처럼. 틀림없는 팩트입니다. 스키드 마크는 구라를 모르거든요."

남편은 자살을 기도한 게 아니라 본능적으로 동승자를 보호하려 했던 거예요. 4월 1일이라는 특별한 날짜와 관련된 누군가를. 반쪽이 된 차에서 제 발로 내려온, 의식을 잃은 자신을 구급대원에게 넘기고 자취를 감춘, 설악산에 있어야 할 시간에 엉뚱한 국도를 달리고 있게 만든 누군가를.

11

당신에게서 변신의 조짐이 감지된 건 미술관에 서였죠. '야수파, 색채의 마술사들'이라는 테마의 전시회. 내 눈길을 끌어당긴 건 마티스도, 블라맹크도, 드랭도 아닌 바로 당신이었어요. 무언가 달라진 건 분명한데, 그게 뭔지는 도무지 모르겠더라고요. 곱슬거리는 장발도, 구레나룻도 그대로. 나중에는 기분 탓인가 싶었죠. 당신과 미술관은 처음이었으니까. 함께 와보고 싶었어요. 왠지 당신은 야수파를 좋아할 것 같아서.

남편은 르네 마그리트를 좋아했어요. 유독 한 그림 앞에 오래 머물던 기억이 나요. 「시크릿 플레이어」. 장갑 긴 두 손으로 공을 잡으려는 남자와 그 앞에서 배트를 휘두르는 또 한 명의 남자, 입이 막힌 채로 캐비닛에 갇혀 두 손 모으고 있는 여자, 공 대신 허공에 떠 있는 검은 거북, 대리석 장식 기둥에서 뻗어 나온 꽃나무 가지들. 교차하는 두 개의 길 위로 분홍 꽃이 궁륭을 이룬 인공 정원, 모두를 창밖 풍경으로 느껴지게 만드는 붉은 커튼.

머릿속에 어둠이 내리면 꿈속의 한 장면 같은 그 그림이 계시처럼 떠올라요. 무심히 흘려보낸 예지몽의 의미를 뒤늦게 곱씹듯. 짐작이나마 했던들 달리 어찌할 수 있었을까 싶지만. 새삼 알고 싶어진 건 이거예요. 전문가들조차 해석에 애를 먹는 난해한 그림의 무엇이 남편의 눈길을 붙들었을까. 수수께끼 같은 이미지에서 남편은 무엇을 보았을까. 고개를 돌리다 시선이 마주친 남편의 눈빛이 뇌리에서 떠나지 않아요. 불가능한 환상을 좇는 듯, 분홍빛 꽃잎 위로 떠가는 거북처럼 비밀스럽게 빛나던 검은 눈동자.

달라진 무언가가 눈동자 색이라는 사실을 알

게 된 건 마티스의 그림 앞에서였죠. 분분히 날리는 노란 깃털과 함께 파란 창공에서 추락하는 검은 사람. 당신의 눈동자도 새까맸어요. 서클렌즈를 낀 눈동자가 과녁 정중앙의 검은 점처럼 온 신경을 잡아당겼죠.

눈동자 색 하나 바뀌었을 뿐인데 낯설었어요. 익숙해진 만큼 낯설어졌다고 해야 할까. 아니, 낯설어진 만큼 익숙해졌다고 할까. 오래 알고 지내던 사람과 관람하는 기분이 들었다면, '이카루스'라는 그림 제목마저 예사롭지 않게 다가왔다면 내가 과민한 탓일까. 그렇다면 그림 속 인물의 심장께 뚫린 붉은 구멍이 남의 일 같지 않았다는 말은 혀에 올릴 수조차 없겠죠. 그 작은 붉은 점이 내 가슴에 박혔다고, 수챗구멍에 평정을 빼앗긴 목욕물처럼 내 마음 밑바닥에 나선형 물살이 생겨났다고.

"곱슬머리에 갈색 눈동자, 밀가루 반죽 같은 피부. 학창 시절 내내 혼혈이라고 놀림받았어요. 「처용가」를 배우면 아랍 핏줄이 되었다가, 하멜 얘기가 나오면 네덜란드 핏줄이 되는 식으로."

눈동자 색이 달라졌다는 말에 당신이 어두운 표정으로 말했어요.

꿈에서 깬 기분이었어요. 당신의 얼굴. 그래요, 당신에게도 원래 당신의 얼굴이 있었죠. 그런데 왜? 눈동자 색을 왜 이제 와서? 남편의 사진을 보고 난 뒤에야?

"어때요, 이제 좀 남편 같아요?"

당신이 수줍게 웃었어요.

실제로는 이렇게 말했죠.

"어때요, 많이 어색한가요?"

어쨌든 내 귀에는 그렇게 들렸고, 당신과 나 사이에 돌이킬 수 없는 변화가 생긴 건 분명했어요. 그때는 어렴풋한 예감에 불과했지만. 검어진 눈동자가 가슴 밑바닥 수챗구멍이 될 수도 있다는, 삶 전체가 수챗구멍으로 소용돌이치며 빨려 드는 목욕물이 될지도 모른다는, 그래도 어쩔 도리 없다는 불가항력적 느낌. 욕조가 완전히 바닥을 드러낼 때 무엇이 남아 있을지는 짐작도 할 수 없었죠.

짐작했던들 뭐가 달라졌을까. 존재조차 모르

94

던 두 개의 나란한 직선은 애당초 서로를 향하고 있었는데. 결국 한 번은 상대의 어둠에 자신의 어둠을 덧대는 순간이 오지 않을 수 없었는데. 직선 위에는 신이 없다는 말의 온전한 의미를 이제야 알겠어요. 만약 신이 있다면 뻗어나가는 선이 꺾이는 점 위에 존재할 거예요. 사람들이 '신의 장난'이라고 부르는 바로 그 지점에.

수챗구멍을 다시 틀어막아야겠다는 생각은 들지 않았어요. 마개가 손에 들려 있었대도 마찬가지. 때로 인생은 식어빠진 목욕물 같았으니까. 아니, 엉뚱한 사람이 몸 담갔던 목욕물 같았으니까. 듣기 거북한가요? 남편이라는 책의 왼쪽 페이지를 통독하고 나면 그런 말은 못 할 거예요. 그럼에도 '만약에'로 시작하는 질문이 손톱 밑 거스러미처럼 신경 쓰이는 건 어쩔 수 없어요.

만약에 당신이 눈동자 색을 바꾸지 않았다면 어떻게 됐을까?

책망으로 오해는 말아요. 듣기 좋은 오른쪽 페이지만 들려준 장본인은 이쪽이니까. 활짝 피어나던 내 젊은 날을 담던 각막이, 봄날 벚꽃 향기와 여름날 바다 내음을 함께 들이켜던 코뼈가, 달아오른 내 혀를 받아들이던 턱뼈가 여전히 그 모든 것을 기억하길 바랐던 거예요. 곁에 있어도 저만치 먼 곳을 향해 있던 눈동자가, 향수를 바꿔도 알아채지 못하던 코가, 텅 빈 웃음을 지어 보이던 턱이 오로지 나에게 향하는 모습을 고대한 거예요.

까만 눈동자가 끝이 아닐 거라는 예상은 어긋나지 않았어요. 눈동자 다음은 머리. 길고 풍성하던 곱슬머리가 직모의 단정한 스포츠머리로 탈바꿈했죠. 남편을 처음 보았을 때부터 한 번도 바뀐 적 없는 스타일.

의사가 틀렸어요. 사람 인상은 8할이 헤어스타일이더군요. 이집트 부조에서 로마 조각상으로 건너뛴 느낌. 신비의 베일을 벗어던진 현실의 인간, 오욕칠정의 실핏줄 위에 스토아적 절제의 피륙을 얹은 얼굴, 살아생전 남편의 얼굴이 눈앞에 있었어요.

"손질하기 귀찮아서……."

짧아진 머리가 어색한 듯 뒤통수를 쓸며 당신

이 중얼거렸어요.

"학생이라고 해도 믿겠어요. 같이 다니려면 애들 교복이라도 빌려 입어야겠네요."

내가 과장스레 웃으며 말했어요.

네, 연기였어요. 뻔한 변명에 장단 맞추는 입에 발린 호들갑. 둘 다 알면서 모르는 척했다는 점에서 우리는 한 무대에 오른 배우, 유일무이한 관객인 스스로를 속이는 데 암묵적으로 합의한 공모자였죠.

그래요. 알다시피 나는 당신의 남편 흉내를 눈감아줬어요. 어떤 면에서는 적극 동조했다고도 할 수 있죠. 이렇다 할 목적이 있던 건 아니에요. 솔직히 일이 어떤 식으로 흘러갈지 가늠할 수조차 없었어요. 손에 쥐어진 대본에 당신의 대사나 행동은 적혀 있지 않았으니까. 심지어 내 분량조차 글자 하나 없었죠. 백지 대본에 이끌려 무대에 오른 배우 신세였던 거예요.

너무 늦게 당도하는 미래, 한 박자 늦게 써지는 대본 앞에서 감정 연습은 언감생심, 엎질러진 물을 계량컵에 주워 담는 격. 어쩌면 무대 위에 서 있는 것 자체가 중요했는지도 모르죠. 인생이란 게 처음부터 엎질러진 물이라면 얼마나, 어쩌다 엎질러졌는지 따져 묻는 행위가 무슨 소용이겠어요. 누구 말마따나 지옥 한복판을 걷는 중이라면 계속 나아가는 수밖에.

'다음은 구레나룻일까?'

마음속에 방백이 울려 퍼졌을 때, 나는 당신의 얼굴에서 구레나룻을, 가면에 남은 마지막 안전핀을 제거해보고 있었어요. 하지만 가면이 완전히 벗겨진 당신 모습은 끝내 그릴 수 없었죠.

여전히 나는 무언가가 두려웠던 거예요.

12

기대와 달리 남편의 휴대폰에는 별다른 게 없었어요. 수시로 정리했는지 몇 안 되는 문자나 카톡 메시지에서도, 남자 이름을 유심히 살핀 통화 내역에서도 수상쩍은 기미는 찾지 못했죠. 비밀번호를 설정해놓은 게 무색할 만큼. 그러니까 남편의 가장 큰 비밀은 비밀번호 그 자체였던 거예요.

네 자리 숫자의 비밀을 품고 처음 찾아간 곳은 남편이 당한 뺑소니 사고 관할서였어요. 비밀번호로 설정된 날짜에 무슨 일이 있었는지 직접 확인하고 싶었어요. 사고 당시 담당 형사와 몇 차례 통화한 게 전부였죠. 목격자가 없다. 목격자를 못

찾았다. 목격자가 나타나지 않는다. 매번 짧고 사무적인 통화. 그나마도 타 지서로 자리를 옮기고 없더군요.

나를 맞은 사람은 지난달에 새로 왔다며 천도복숭아 하나를 인사처럼 내밀었어요. 흥미로워하는 기색이 완연한 눈빛, 어떤 사소한 자극도 스펀지처럼 빨아들일 듯한 태도, 시골 학교에 갓 부임한 젊은 선생 같았죠.

"됐습니다."

내가 말했어요.

"팔도서 알아주는 복숭아 아인교."

형사가 거듭 권했어요.

복숭아를 받지 않을 수 없었죠.

형사는 자기 몫의 복숭아를 남방 소매에 쓱쓱 문지르고 한 입 베어 물었어요. 아크릴 물감으로 그린 듯 반들거리는 붉은빛 과일을 손에 쥔 채 나는 어색하게 앉아 있었죠.

"복숭아는 그냥 과일이 아이고 보약입니더. 폐를 보해주고 피를 정화시킨다 카데요."

형사가 입을 우물거리며 말했어요.

정말로 무슨 약 먹듯 눈을 게슴츠레 뜨고서 느릿느릿 먹더라고요.

나는 형사가 복숭아를 다 먹을 때까지 잠자코 기다려 용건을 꺼냈어요.

"사고 당시 동승자가 없었다는 게 확실한가요?"

"동승자예? 목격자가 아이고?"

"확인해보고 싶어서요. 정말로 없었는지."

"부군 차에 누가 타고 있었다, 이 소린교?"

그 대목에서 나는 보험사 사내의 말을 옮겼어요. 삼거리, 좌회전 차량, 예외적인 스키드 마크. 보험사 사내의 의심과 나의 직감은 일단 접어둔 채로.

"보험 일마들은……."

형사가 미간을 모으며 중얼거렸어요.

"가능성을 배제할 수 없다는 거죠."

"신고자는 지나가던 차주였고, 누가 있었다믄 고마 연기처럼 사라져삐따는 소린데……."

형사가 관련 서류를 들춰보며 재차 중얼거렸어요.

"말 못 할 사정이 있었는지도 모르죠."

형사가 고개를 들어 물끄러미 나를 건너다보더니 곧장 수화기를 집어 들었어요.

"한마음병원입니다."

중년 여성의 목소리가 스피커를 통해 들려왔어요.

"최 간호사인교? 내 조 형산데 뭐 하나 물어볼 게 있어서……."

"뭔데예?"

"작년 복숭아삼거리 교통사고 기억나는교?"

"작년 언제예?"

"사고가 또 있었는교?"

"세 번인가 그럴 낍니다."

"복숭아나무를 바꿔 심은 뒤로 그란다 카더라. 삼거리 복숭아꽃이 핏물 든 것 맹키로 시뻘건 데는 다 이유가 있다꼬."

옆에 있던 초로의 형사가 끼어들었어요.

"복숭아나무가 귀신 쫓는다는 소리는 들어봤어도 귀신 꼬인다는 소리는 금시초문이네요."

조 형사가 곁의 형사를 돌아보며 대꾸했죠.

"조 형사님?"

이번에는 간호사의 목소리였어요.

"내 정신 좀 봐라. 작년 4월 1일 사고 때도 응급 환자 그쪽으로 갔지예?"

조 형사가 전화기에 대고 말했어요.

"4월 1일이면…… 아, 그 사고요. 기억나지예. 머리끝부터 발끝까지 성한 구석 없이 깨지고 부러지고 피투성인데 얼굴만 상처 하나 없이 말끔해가지고…… 다들 희한하다 안 했습니까. 복숭아 귀신이 얼굴에 들러붙었다꼬."

"그라니까 남자 혼자 실려 온 거 맞지예?"

"네. 확실하다마다요."

조 형사는 전화를 끊고 나를 빤히 쳐다보았어요. 더 할 얘기가 있느냐고 묻는 것처럼.

"죄송하지만 현장에 가볼 수 있을까요?"

내가 정중하게 물었어요. 물음이라기보다는 부탁에 가까웠죠.

"그랍시다."

조 형사는 튕기듯 몸을 일으켰어요.

나도 따라 일어섰죠.

"저기……."

조 형사가 내 바지를 가리키며 말했어요.

고개를 숙여 보니 바지에 누르스름한 얼룩이
져 있더라고요. 복숭아가 원흉이었어요. 여태 손
에 꽉 쥐고 있던 복숭아. 복숭아를 내려놓고 숄더
백에서 손수건을 꺼냈어요. 파란 체크무늬. 남편
과 처음 만나던 날 건네받은 손수건.

나는 손수건으로 바지를 닦았어요. 많이 젖었
더군요. 그럴 만했죠. 복숭아는 손자국이 뚜렷이
남을 만큼 으스러져 있었으니까. 온전히 복원될
수 없는 어떤 기억처럼.

13

　구레나룻이 다음 차례일 거라는 예상은 딱 맞
아떨어지지 않았어요. 차종까지 얘기했었던가.
헤어스타일과 구레나룻 사이에는 폭스바겐이 있
었어요. 은색 폭스바겐 골프. 사고로 고철 덩어리
가 된 차와 같은 모델.

　"공금이라도 슬쩍했어요?"

　당신이 눈웃음을 지으며 말했어요.

　차에 오르기 전 표 나게 두리번거렸나요? 얘기
했잖아요. 여학교 사람들은 한 밭에서 자라는 대
나무 같다고. 눈에 보이지 않지만 땅 밑으로 속속
들이 엮여 있다고.

살아 있다는 건 무작정 기다려주는 누군가를 발견하고 도둑처럼 다가가는 마음일까. 당신 얘기대로 지갑에 부정한 돈이라도 들어 있는 것처럼 가슴이 쿵쾅거렸어요. 당신이 먼저 찾아오기는 처음이었으니까. 그것도 학교 앞으로 불쑥.

"웬 차예요?"

교문이 룸미러 속에서 깨알만큼 작아진 뒤 내가 물었어요. 무슨 마음으로 찾아왔냐고 묻는 대신.

"면허증 딴 기념으로 중고 한 대 주워 왔어요. 바람이나 좀 쐐요. 어디 갈까요?"

"야구장 어때요?"

나는 기다렸다는 듯 대답했어요.

남편이 몰던 모델의 차를 타고서라면 목적지는 정해진 것이나 다름없었어요. 그리고 내게 있어 야구장은 딱 하나뿐이었죠.

당신은 면허증을 막 딴 사람 같지 않았어요. 내비게이션이 있기는 했지만 문학구장까지 한 번도 헤매지 않았고 주차까지 척척이었죠.

"전에 와본 적 있어요?"

잔디가 깔린 외야석 위쪽에 자리를 잡으며 내가 물었어요.

"아니요. 지우 씨는요?"

거기는 가본 적이 한 번도 없었어요. 잠실구장은 서너 번 있었지만. 남편을 졸라 내가 응원하던 팀 경기를 보러 갔는데 남편은 야구장이 처음이라고 했죠. 중계로만 봤다고.

남편은 외야석을 좋아했어요. 딱 하고 공을 때리는 순간, 외야를 등지고 있던 모든 선수들이 일제히 움직이기 시작하는 모습이 마치 자유로우면서도 일사불란한 군무를 추는 것 같다고. 중계로는 절대 접할 수 없는 장면이라고. 그러니까, 남편은 야구 경기보다 야구장이라는 공간을 더 좋아하는 것처럼 보였어요.

잿빛 황량한 도시의 푸른 은신처 같던 그곳, 문학구장 외야석에서도 남편은 뒷모습들의 군무를 감상하고 있었을까. 살아 꿈틀대듯 시시각각 요동치는 그래프, 탐욕의 상승세와 공포의 하락세가 1분 1초마다 교차하는 외줄이 없는 곳에서 누구와 함께 무언가를 견디고 있었을까.

경기는 홈팀의 일방적인 리드였어요. 원정팀이 5회에 신인 투수를 올릴 만큼. 승부는 이미 기울었는데도 신인 투수는 스트라이크 하나 던지지 못했어요. 포수가 어깨를 토닥여줘도, 코치가 등을 두드려줘도 소용없었죠. 볼, 볼, 볼. 아예 스트라이크 던지는 법을 잊어버린 것 같았어요. 베이스마다 주자가 들어차고 말았죠.

신인 투수의 불운은 그게 끝이 아니었어요. 이어서 타석에 들어선 선수가 머리 높이로 날아오는 공을 후려쳐 담장을 넘겨버린 거예요. 모두들 벌어진 입을 다물지 못했죠. 한 사람만 빼고. 당사자는 오히려 홀가분해 보였어요. 모든 것을 다 갈아엎고 새로 시작하려는 사람처럼. 공이 담장 밖으로 날아가는 순간 얼어붙은 표정이 등 뒤에 버티고 있던 주자들이 속속 사라지면서 점점 풀리더군요.

과연 다음 타자가 들어서자마자 스트라이크를 꽂아 넣더라고요. 첫 번째 스트라이크. 마지막 스트라이크이기도 했죠. 코치가 다시 마운드에 올라 공을 넘겨받았고, 투수는 터덜터덜 다이아몬

드를 빠져나갔어요. 만루 홈런을 얻어맞던 순간
보다 더 침울한 얼굴이 되어.

경기는 속개되었지만 나는 눈을 뗄 수 없었어
요. 더그아웃 한구석에 죄인처럼 앉아 있는 투수
로부터.

갑자기 화가 치밀었어요. 투수에게도, 코치에
게도, 얼굴을 보이지 않은 채 뒤돌아서 있는 선수
들에게도. 그 모든 상황이 견딜 수 없어져서 벌떡
일어나 경기장 밖으로 향했어요.

정처 없는 발길이 멈춘 곳은 부둣가 횟집. 바다
는 이미 어둠에 묻히고 인근 테마파크는 알록달
록한 전구 불빛으로 얼굴을 바꾸고 있었죠. 왜 갑
자기 자리에서 일어섰는지, 급히 경기장을 나왔
는지 당신은 한마디도 묻지 않았어요. 묵묵히 소
주잔만 기울였죠. 가끔 고개를 들어 물끄러미 나
를 바라보았는데 무슨 할 말이 있는 사람 같았어
요. 몇 번인가 입을 떼려다 마는 기색. 나도 조용
히 술잔만 비웠죠.

우럭회 접시 위로 어떤 화제가 올랐는지는 가
물가물하네요. 들릴 듯 말 듯 드문드문 이어지던

대화. 원목 문양의 비닐장판이 유난히 미끈거리던 횟집은 얼마나 시끌벅적하던지. 당신이 망설이던 얘기를 끝내 입 밖에 내지 않은 것만은 확실해요.

'천 원에 세 발'이라고 적힌 플래카드 앞에서 걸음을 멈춘 것도 취기 때문이었겠죠.

"인형 갖고 싶어요?"

당신이 놀리듯 물었어요.

내가 정말 갖고 싶었던 건 뭐였을까. 내 것이 아니라는 이유로 지레 등 돌려온 것들. 강요된 불가능에 무작정 손 내밀어보고 싶은 밤이었어요. 강요된 불가능을 부정하고픈 밤.

"한번 해볼래요?"

굳은 얼굴의 당신에게 총을 넘긴 건 동전까지 긁어모아 얻어낸 네 번째 장전마저 빈손으로 끝나기 일보 직전.

나는 당신에게 조르듯 말했어요.

"저 판다 갖고 싶어요."

마지못해 사선에 선 당신은 여전히 굳은 표정이었죠. 이내 호흡을 참는 얼굴이 되더니 주저 없이 방아쇠를 당겼어요. 판다는 까맣고 앙증맞은 다리를 하늘로 향하며 벌러덩 드러누웠고.

"선수네, 선수."

사파리 복장의 사내가 인형을 넘기며 구시렁거렸어요.

무언가로부터 달아나듯 저만치 휘적휘적 걸어가는 당신을 보며 나는 술이 깨는 느낌이었어요. 방아쇠를 당기던 순간 당신 얼굴에 드리운 그늘, 먹먹한 눈빛이 발하던 수수께끼 같은 어둠 때문에. 불나방에게 손짓하는 불꽃처럼 거부할 수 없는 어둠. 타 죽을 것을 알면서도 뛰어들고 마는 검은 불꽃. 물론 당신의 어두운 사연을 미리 알았다면 사격의 시옷 자도 입에 올리지 않았겠지만.

"저거 타봐요."

대관람차를 가리키며 내가 말했어요. 불꽃 속으로 손을 내미는 아이처럼 대담하게.

관람차가 까마득히 높은 곳까지 올라가자 어지럼증이 일었어요. 나는 온갖 남녀의 이름이 하트를 고리 삼아 새겨진 벽에 이마를 댄 채 먼 풍경으로 시선을 던져야 했죠.

"괜찮아요?"

당신이 물었어요.

"좀 덥네요."

나는 손부채질을 하며 대꾸했어요.

갑자기 당신이 자리에서 벌떡 일어섰어요. 그 서슬에 관람차가 휘청했죠.

"움직이면 안 돼요."

내가 소리쳤지만 당신은 아랑곳 않고 손을 위로 뻗었어요.

고개를 들어 보니 소형 선풍기가 달려 있더군요. 딸깍 소리가 들리고 팬이 돌아가기 시작했어요.

"지우 씨……."

당신이 엉거주춤 선 채로 말했어요. 미루고 미뤄온 얘기를 마침내 꺼내려는 것처럼.

"어디 안 가니 앉아서 얘기해요."

당신의 손을 잡아 옆에 앉히며 내가 말했죠.

당신은 잠시 나를 아득한 눈빛으로 바라보다 이내 결심한 듯 입을 뗐어요.

"모든 걸 끝내고 싶은 마음으로 방아쇠를 당기는 순간 불현듯 살고 싶어졌어요. 그토록 죽고 싶었던 게 무색할 만큼. 내 안 어디에 그런 맹렬한 욕구가 숨어 있었는지 의아할 정도로. 119에 전화해서 살려달라고 미친 듯 소리쳤어요. 살려달라고, 제발 살려만 달라고. 의사가 그러더군요. 1밀리미터만 안쪽으로 쐈어도 목숨을 건지기 어려웠을 거라고. 1밀리미터. 아침마다 거울 앞에서 새 얼굴을 마주할 때마다 그 1밀리미터를 떠올려요. 생각지도 못한 두 번째 삶을 가져다준 자로 잰 듯 정확한 오차에 대해. 어쩌면 그날 방아쇠를 당기길 잘한 걸까, 끔찍한 생각에 사로잡히며. 이래도 되는 걸까요? 사실 나는, 왜냐하면 나는⋯⋯."

당신은 말을 더 잇지 못했어요. 내 입술이 당신의 입을 막았어요. 익숙한 입술의 감촉이 남편의 기억을 불러내려 할수록 매달리듯 몸을 던졌어요. 당신의 얼굴에서, 어쩌면 내 기억에서 입술을 지워내려는 것처럼 절박하게. 괜찮다고, 살아남았어도 괜찮다고 다독이는 공범의 심정으로. 이내 두 개의 혀가 타래처럼 얽혀 한 덩어리가 되었어요. 온기와 온기가, 죄의식과 죄의식이 하나로 포개졌어요.

14

세월에 쓸리면 무엇이든 흐릿해지기 마련이지
만 어떤 풍경은 더 또렷해지기도 하나 봐요. 들판
가득한 복숭아나무, 가지가 휘도록 주렁주렁 매
달린 붉은 복숭아, 접붙이듯 맞닿은 두 개의 길,
먼 배경으로 펼쳐진 능선의 기울기까지, 손수 그
린 그림처럼 익숙하게 떠올라요.

"4월이었으면 복숭아꽃 천지 아니었겠는교."

사고 현장에 서서 형사가 탄식하듯 말했어요.

믿어지나요? 그 말이 떨어지기만 기다렸다는
듯 눈앞의 풍경이 변했다면, 흐릿해진 그림을 복
원해내듯 선명해졌다면, 풀의 키가 줄어들고 복

숭아가 씨눈으로 졸아붙더니 마침내 들판이 복숭아꽃 천지로 물들었다면.

남편의 폭스바겐은 황홀한 그림 속을 달리고 있었어요. 매혹의 높이에서 만개한 복숭아꽃을 가로지르며. 옆자리를 돌아보며 웃어 보이는 남편.

섬광처럼 강렬하게 머릿속으로 펼쳐지던 상상은 더 이어지지 못했어요. 남편은 누구에게 미소를 짓고 있었을까. 불쑥 좌회전해 들어오는 불운에 낚아채이기 직전 남편을 웃게 만든 건 무엇이었을까. 남편 인생의 마지막 기쁨은 대체 무엇이었을까.

"혹시 근처에 다른 병원은 없나요?"

지서로 돌아오는 차 안에서 내가 물었어요.

"굿모닝병원이라고 있기는 합니다만."

"거기도 확인해볼 수 없나요? 그날 다른 환자가 실려 오지 않았는지?"

"119 환자는 제일 가까운 한마음병원으로 가게 되어 있긴 한데……."

"한번 알아봐주시면 안 될까요?"

형사는 고개를 갸웃거리며 휴대폰을 꺼냈어요.

전화가 연결된 곳은 굿모닝병원이 아닌 소방서였어요. 형사는 남편을 병원으로 옮긴 대원을 수소문해 당시 상황을 묻더군요. 사고 현장에 다른 환자가 있었느냐고. 형사는 휴대폰을 귀에 바짝 대고서 "응급차?" "굿모닝 확실해?" 간간이 한마디씩 던졌어요. 통화를 마치고는 나에게 고개를 끄덕여 보이더니 문제의 병원으로 전화를 걸었죠.

"거기 응급차가 왔었다는데요."

"응급차가 어데로 싸돌아다니는지 내는 모릅니더. 우시장에 서 있는지, 저수지가에 서 있는지 병원 지키는 사람이 우예 다 알겠는교?"

몇 사람 거쳐 전화를 넘겨받은 원무 과장 역시 누군가에게 떠넘기는 투로 말했어요.

"응급실 기록이오."

끼어들기 싫었지만 나도 모르게 한마디 얹고 말았어요.

"응급실 기록, 응급실 기록이 있을 거 아이요."

"밭 매다 와가 링거 한 병 놔달라는 어르신이

한둘이 아닙니다. 주사 맞다가도 고추 걷어야 한다꼬 주삿바늘 매단 채 사라져버리기 일쑤고. 정식으로 접수 안 되었으면 누가 왔다 나갔는지 복숭아 귀신도 모릅니다."

"CCTV는요?"

내가 다시 끼어들었어요.

"CCTV는예?"

이제 더는 갈 곳이 없다는 듯 형사가 힘주어 말했어요.

형사의 차를 얻어 타고 병원으로 가는 길, 바지에 밴 복숭아 단내가 점점 더 짙게 느껴질수록 수상쩍은 병원에 무언가 결정적 단서가 있을 거라는 예감은 확신으로 변해갔고, 파국의 박자로 회전하는 소용돌이가 카시트를 통해 또렷이 전해져올수록 여기서 멈춰야 한다는 생각도 강해져만 갔어요. 복숭아밭 한가운데 생뚱맞게 서 있는 병원으로 진입할 때도, 입구 회전문 안에서 잔걸음 치는 중에도, 응급실 천장 한구석에 달린 카메라가 눈에 들어올 때도 모든 걸 뒤로하고 당신에게 돌아가고 싶었어요. 얼굴을 똑바로 쳐다보며 묻고 싶었어요.

당신은 누구인가요?

남편의 얼굴을 한 당신은 대체 누구인가요?

마음 같아서는 수천, 수만 번이라도 그러고 싶었지만 차마 걸음을 멈추지 못했어요. 대답과 상관없이, 진실의 향방과 무관하게, 묻는 행위만으로도 당신을 잃게 될 테니까. 내가 갈구한 건 진실이지 당신과 만나기 전으로 돌아가는 게 아니었으니까.

내 마음속 양팔저울 한쪽 끝에 진실이 올려져 있었다면 나머지 끝에는 과연 무엇이었을까. 적어도 당신은 아니라고 믿고 싶었어요. 곧 드러날 진실이 그 모두를 파괴하는 진실이라 해도 내 앞에 나타난 이후의 당신만큼은 그 진실의 맞은편에 서 있지 않으리라고.

위험하지만 더없이 중요한 무언가를 캐내기 위해 막장으로 내려가는 탄부의 심정으로, 나는 컴퓨터 모니터 앞에 섰어요. 채탄 도중 발밑이 꺼질 수도, 천장이 무너질 수도 있다는 위태로움을 알면서도 진실의 최전선으로 나아갔죠. 어떤 저녁

을 따스하게 데우던 검은 석탄이 어떤 아침은 영
원히 묻어버릴 수도 있다는 사실에 심장 박동이
빨라지는 것을 느끼며.

15

욕실에서 나를 부르는 소리가 들려와요. 출근 준비를 하는 당신 목소리. 지난밤 당신은 체한 나를 안고 밤새 등을 쓸어주었죠. 꿈은 아니었어요. 서글픔에 등줄기가 흠뻑 젖어 깨어나곤 했던 꿈. 당신이 집에 온 뒤로는 악몽을 꾸는 일이 줄었어요. 남편의 자리에 누운 당신의 옆얼굴을 보며 아주 오랜만에 꿈도 없는 깊은 잠을 잘 수 있었죠.

"혹시 다른 면도기 있어요?"

당신이 욕실 문을 열며 물었어요. 코밑부터 목까지 면도 거품을 잔뜩 묻힌 채로.

나는 욕실 수납장을 열고 면도기를 꺼냈어요.

남편이 사둔 새 면도기.

"구레나룻은 어쩌다 기르게 됐어요?"

면도기를 건네며 내가 물었어요.

"첫 기억 때문이에요."

"첫 기억요?"

"다섯 살 땐가 아버지 따라 난생처음 이발소에 갔어요. 돈을 꾸러 작은아버지 댁에 다녀오는 길이었죠. 누군가에게 손을 벌리러 갈 때마다 아버지는 나를 앞장세웠고 수중에 돈이 들어오면 매번 이발소부터 찾았던 거예요. 공연을 끝낸 배우가 분장을 지우듯 머리를 깎고 수염을 밀었죠. 꾀죄죄한 모습을 더 이상 유지할 필요가 없어졌으니까. 낡은 가죽 의자에 몸을 뉘자마자 부드러워지던 아버지의 얼굴. 그래서였는지 이발소의 풍경은 평화로움 그 자체였어요. 담배 연기에 섞인 포마드와 스킨 냄새. 수건 삶는 풍로에서 풍겨오던 수증기와 석유 냄새.

나를 사로잡은 건 면도 장면이었어요. 김이 오르는 수건을 덮어두었던 얼굴에 거품을 아낌없이 발라요. 그리고 말가죽에 갈아둔 면도칼로 수염

을 깎아내요. 참, 그 전에 담배를 꺼내 물고 불을
붙여요. 담배를 문 채 면도하는 거죠. 담뱃재 허
리가 휘도록. 보는 내내 가슴을 졸였지만 손님 얼
굴에 떨어진 적은 없어요. 마지막 거품을 밀어내
는 순간 이런 게 입술에 매달려 있었네, 하는 얼
굴로 바닥에 툭 떠는 거예요. 그 무덤덤한 손짓과
표정이라니. 무엇보다 근사했던 건 이발사의 구
레나룻이었죠. 귀밑에서부터 감싸듯 턱까지 이어
지던, 사자의 갈기처럼 길고 빳빳한 구레나룻. 아
버지의 얼굴에서는 비굴해 보이던 수염이 왜 그
리 멋져 보이던지."

당신은 꿈꾸는 눈빛으로 말했죠. 거울에 비친
자기 모습을 바라볼 때처럼 거부하기 힘든 무언
가에 빠져드는 얼굴로. 쇼윈도 앞에 붙박인 어떤
사람들이 저도 모르게 내비치는 표정으로.

"깎은 모습이 궁금해요."

무심한 듯 말했지만 마음 깊숙이 담아두고 있
던 말이었어요.

왜 그토록 얼굴에 집착했을까. 변신이 완벽해
지기를 갈망했을까. 당신과 체온을 나눌 때조차,

아니 그런 순간일수록 당신의 이목구비 구석구석에서 익숙한 모습을 찾으려 애썼죠. 남편의 눈동자, 남편의 입술, 남편의 턱. 남편이라는 이름의 추모 동상에 청동靑銅의 피가 돌게 하려는 것처럼.

"직접 해줄래요?"

뜻밖이었어요.

당신은 선선히 면도기를 넘겼고 나는 당신의 구레나룻을 조심조심 매만졌어요. 떨어질 듯 떨어지지 않는 담뱃재를 떠올리며. 버려진 칼날을 놀리기 전 담뱃불 붙이는 심정을 헤아려봤어요. 그렇게라도 하지 않으면 견디지 못하는 절망적 마음을.

불현듯 남편에 대한 미움이 앙가슴을 날카롭게 찔러왔어요. 벽을 등진 채 명치끝을 움켜쥐어야 했던 밤의 환부를 꿰뚫고 들어왔어요. 몸이 본능적으로 받아낸 칼자국의 길이와 깊이에 뒤미처 숫자를 갖다 붙이는 것처럼 고통의 정체를 그제야 깨달았죠. 응답받지 못한 나의 사랑, 이해받지 못한 나의 눈물, 보상받지 못한 나의 기만.

면도는 일종의 복수였어요.

우리는 함께 의식이라도 치르듯 숨죽인 채 면 도날의 움직임에 집중했어요. 나는 당신 얼굴에 서, 당신은 거울에서 잠시도 눈을 떼지 못했죠. 면 도라는 마술에 매혹된 관객처럼. 면도의 끝에서 짠, 하고 등장할 얼굴이 궁금해 죽겠다는 눈길로.

 테두리 선을 지워낸 것처럼 하관이 완전히 드 러나고, 당신은 어느새 남편의 얼굴이 되어 있었 어요. 100퍼센트 내 남자의 얼굴. 야릇한 전율이 등줄기를 훑고 지나간 뒤, 구레나룻이 있던 자리 에 이끌리듯 입술을 가져갔어요. 손으로는 미끈해 진 턱을 천천히 어루만지며. 머릿속 어떤 그림에 겹쳐보듯 눈을 지그시 감은 채 한 대목 한 대목.

 어느덧 손길은 당신의 가슴팍으로 내려갔어 요. 불면의 밤을 지켜주던 품을 부드럽게 쓸며 당 신에게 안겼어요. 우리는 타들어가는 도화선처럼 서로를 향해 짧아져갔죠. 이내 당신을 침대로 이 끈 나는 당신의 배꼽 위에서 마지막 불꽃을 맞을 준비가 되어 있었어요. 하지만 당신은 어딘가 모 르게 수동적이었고 쉽사리 내 안으로 들어오지 못했어요. 남편이 그랬던 것처럼. 정염情炎의 뇌관

은 단단히 뭉쳐지지 않았고 당신의 중심은 자꾸
만 엇나갔어요. 날아오르지 못했어요.

구레나룻까지 민 당신은, 남편보다 더 남편 같
아진 당신은 대체 무엇으로 무거워졌을까.

비로소 당신의 본래 모습이 궁금해졌죠. 남편
형상의 주물이 되기 전에는 어떤 주형에 담겨 있
었을까. 희묽은 새똥 눈물 흘리기 전에는 어떤 빛
깔의 세상을 보았을까. 구레나룻을 잃은 당신이,
폭발 직전까지 갔던 당신의 뇌관이 샤워기 아래
식어가는 사이 나는 당신 지갑으로 손을 가져갔
어요.

아쉽게도 주민등록증에는 현재의 얼굴이 박혀
있더군요. 유영필, 이라는 본명과 함께. 남편의 뼈
와 살갗을 옮겨 심은 뒤의 모습. 갈색기 도는 눈
동자, 곱슬거리는 장발, 세심하게 손질된 구레나
룻 외에 수술 이전의 흔적은 찾아볼 수 없었죠.
당신의 역사는, 첫 번째 삶의 자취는 신분증에서
조차 말끔히 지워진 거예요. 한 가지만 빼고. 뼈
와 살이 떨어져 나갔다 새로 붙어도 옴짝달싹 않
는 한 가지만.

800401.

당신이라는 빛의 시발점, 당신이라는 어둠의 기원. 생일이 그날일 줄은. 사고가 난 그날, 남편 휴대폰을 지키던 비밀번호. 짓궂은 신의 질 나쁜 농담일까. 휴대폰 암호가 말도 안 되게 풀리던 순간처럼 모든 것이 정지해버렸죠. 남편에 대해 꼬치꼬치 묻던 당신, 남편을 닮으려 애쓰던 당신, 남편이 몰던 차와 같은 모델을 끌고 나타난 당신. 어지럽게 흩어져 있던 퍼즐 조각들이 줄줄이 맞물리는 느낌. 타로 점집에서 남편 생일을 대던 장면 역시.

발밑 낭떠러지는 못 본 채 꽃 한 송이 손에 쥐고서 날아갈 듯 먼 하늘을 응시하던 어릿광대. 남편의 카드 속 어릿광대가 된 기분이었죠. 내가 어릿광대라면 당신은 뭔가요? 백마를 타고 온 죽음의 기사? 악마의 쇠사슬에 자진해서 묶인 자? 아니면 나무 기둥에 거꾸로 매달린 채 남은 생을 견디는 사람?

당신의 운명에 대해서는 어떤 말을 듣게 될까요?

16

"며칠이라고예?"

컴퓨터 앞을 지키던 남색 점퍼 차림의 사내가
물었어요.

"4월 1일이오."

내가 반사적으로 대꾸했어요.

"4월 1일 언제쯤이오?"

남색 점퍼가 물었어요.

나는 형사를 돌아보았어요.

"사고 발생 시각은 두 시 40분경이니 그 뒤부
터 돌려봅시다."

"두 시 40분이라……."

남색 점퍼가 혼잣말처럼 중얼거리며 마우스를 놀렸어요.

딸깍, 딸깍.

클릭 소리에 맞춰 화면이 몇 차례 바뀌더니 마침내 그날 응급실 모습이 모니터에 펼쳐지기 시작했어요. 커튼으로 칸막이가 된 네 개의 침대, 맨 안쪽 침대에 걸터앉아 수액 주사를 맞으면서도 손에서 휴대폰을 놓지 않는 할머니. 할머니와 수다를 떨다 나가는 간호사. 휴대폰을 눌러대는 굼뜬 손놀림만 아니면 정지 화면처럼 보이는 풍경이 한동안 이어졌죠. 마침내 할머니까지 수액 주머니를 지팡이에 건 채 절름절름 퇴장하자 사실상 정지 화면이 되어버린 응급실.

화면에 변화가 생긴 건 화면 하단 시계창 숫자가 세 시 9분을 가리킬 즈음. 이동식 침대가 젊은 사내와 여 간호사의 손에 이끌려 등장했어요. 침대를 밀고 끄는 사람들에 가려져 보이지 않던 환자가 맨 안쪽 침대로 옮겨지는 순간 어렴풋한 실루엣이 드러났어요.

긴 생머리, 무릎 위로 말려 올라간 치마.

남자가 아닌 건 분명했죠.

갑자기 속이 메스꺼워졌어요. 거울 속에서 당신의 정면 얼굴을 처음 마주했을 때처럼. 그러거나 말거나 화면 속 응급실은 부산스러워졌어요. 의사가 달려와 환자의 동공을 살피고 간호사는 맥박을 재고.

응급처치의 회오리가 잠잠해지자 화면에는 여자만 남았어요. 팔에는 수액 주삿바늘이 꽂힌 채로.

"계속 볼까예?"

남색 점퍼가 물었고 8배속 빨리 감기 화면 속 환자는 한 시간이 다 되도록 죽은 듯 누워만 있었죠.

환자가 악몽에서 깨어난 사람처럼 벌떡 몸을 일으킨 건 한 시간 하고도 20분쯤 지나서였어요. 의사가 한 번, 간호사가 두 번 다녀간 뒤였죠. 여자는 주위를 두리번거리더니 한동안 그대로 앉아 있더군요. 얼굴이 클로즈업되었다면 분명 어리둥절한 표정일 것 같은 모양새였죠. 어쩌다 그곳에 실려 왔는지 전혀 모르는 사람처럼.

메스꺼움은 점점 심해졌지만 자리를 비울 수는 없었어요. 여자가 주삿바늘을 뽑아냈어요. 이내 몽유병자처럼 흐느적거리는 몸짓으로 스르르 침대에서 내려와 출입구 쪽으로 걸어 나갔어요.

"화질이 와 이리 엉망이고. 누군지 알아보겠는교?"

형사가 물었어요.

"꺼주세요."

내가 쥐어짜내듯 대꾸했어요.

"네?"

형사가 나를 돌아보았어요.

"그만 꺼달라고요. 제발!"

나는 그 자리에서 뛰쳐나와 화장실로 달려갔어요. 변기에 고개를 떨구고 연신 구역질을 해야 했어요. 폭죽 다발처럼 일제히 섬광을 터뜨리며 창자를 비집고 올라오는 어떤 기억들 때문에.

밀려 들어오는 복숭아꽃 향기. 남편의 차는 복숭아꽃 만발한 국도를 달리고 있어요. 남편은 무슨 말을 하려고 했을까. 입을 떼는 순간 시커먼 무언가가 맹렬한 속도로 다가와요. 진홍빛 복숭아 꽃잎 흩날리며, 무방비로 노출된 인생의 옆구리로 달려들어요. 끔찍한 농담처럼. 마지막 순간 남편이 웃어요. 옆자리를 돌아보며 입꼬리를 끌어 올려요. 우는 듯 웃는 얼굴, 웃는 듯 우는 얼굴. 말 못 할 비밀을 품고 살아온 자의 비통한 얼굴. 옆자리에 앉은 나는 울먹이며 말해요. 모두가 아니면 아무것도 아니라고. 어쩌면 그 반대일 수도. 이제껏 그런 것처럼 계속 살 수는 없냐는 말. 사랑하는 여자 말고 사랑하는 단 한 사람. 그런 비슷한 말을 쏟아내는 나. 더는 안 되겠어. 진짜 나로 살고 싶어, 미안해. 하지만 내가 사랑한 여자는 당신뿐이야. 남편의 물기 어린 음성에 겹쳐지는 내 목소리. 당신을 사랑해, 당신을 증오해. 한 곱슬머리 남자의 턱선을 쓸어내리듯 만지는 남편을 우연히 목격하던 순간 새하얘져버린 나. 그때 남편의 얼굴에 꽃처럼 자연스레 피어나던 웃음. 내게는 한 번도 보인 적 없던 진짜 웃음. 집을 나서는 남편을 기어이 붙잡게 만든 기억. 할 말이 있어. 벼르던 한마디로 시작해 우리가 처음 만났던 낯선 고장으로, 조문을 위해 난생처음 방문했던 소도시 근처까지 이어진 최후의 드라이브. 오늘 무슨 날인지 알아? 둘이 처음 만난 날. 부고 알림 문자가 지나친 장난처럼 느껴지던 날, 우리는 KTX 역에서도 택시로 30분 달려야 하는 소도시 외곽의 한 장례식장에서 마주 앉게 되고. 육개장. 손수건. 어쩌면 저울 얘기. 한쪽에 진실이 올려진 저울의 다른 끝에는 내가. 진실의 무게만큼 위태로워지는 대상은 나, 내 사랑.

그리고 '이혼'이라는 말을 어렵게 꺼낸 남편이 감싸 안듯 운전대를 내 쪽으로 꺾던 찰나 주마등처럼 스치던 장면. 꽃 진 자리처럼 먹먹하도록 고즈넉한 어떤 장면.

"같은 손수건을 왜 두 장씩 지니고 다녀요?"

조문을 마치고 역으로 와 마지막 열차를 기다리는 대합실에서 내가 물었어요.

"어머니가 화장품 방문 판매원이었어요. 아침마다 정성 들여 화장을 하셨죠. 파운데이션을 꼼꼼히 펴 바른 뒤에 볼터치를 하고 마스카라를 몇 번씩 덧바른 다음 붉은 립스틱으로 마무리. 그러고 나면 액자에 담긴 그림처럼 완벽한 얼굴이 거울 가득 담겨 있곤 했어요. 하지만 거울 바깥의 얼굴은 먼지와 땀에서 자유롭지 못했죠. 완벽한 화장을 유지하려면 손수건이 필요했어요. 그것도 두 장씩. 왜 두 장이냐고 물었더니 그러셨죠. 빌려 가고 돌려주지 않는 사람을 미워하지 않기 위해서란다."

"누군가를 미워하지 않으려면 뭐든 여벌이 준비되어야겠네요."

"똑같은 것을 나눠 갖고 있으면 연결되어 있는 느낌이 들어요."

"무엇이든요?"

"다른 사람들 눈에는 보잘것없어 보이는 게 누군가에게는 살아갈 의미가 되기도 하니까."

우연히 발견한 어떤 구절에 밑줄 긋듯 남편의 말을 마음속으로 되뇌었어요. 돌려주려던 손수건을 도로 숄더백에 집어넣으며.

사랑에 빠진 순간이었냐고요? 액자 속 그림 같은 존재를 향한 호기심이었을지도. 확실한 건 잠깐 빌린 손수건 한 장쯤 간직하고 있어도 미움받지는 않겠구나, 돌려주지 않으면 내 것이 될지도

몰라, 이상한 기대에 사로잡히는 마음을 사랑이
라 부르지 않는다면 내 인생에는 그 비슷한 것조
차 찾아온 적이 없다는 사실.

17

오지 않는 잠을 청하려 눈 감으면 당신과의 매 순간이 담긴 영사기가 스르르 돌아가요. 당신은 어떤가요? 텅 빈 극장에 오도카니 앉아 전생을 돌려보는 기분으로 장면 하나하나에 혼자만의 주석도 달고 자기만의 의미도 부여하나요? 어느 작가의 말대로 기나긴 두 어둠 사이에 낀 찰나의 빛으로 인생이라는 어둠을 살아내고 있나요? 엔딩 타이틀이 올라가고도 차마 자리를 뜨지 못하나요? 당신도 그런가요? 이어질 대사가 절로 튀어나오도록 되감고 또 되감아 보나요? 되감아 볼 때마다 멈춰 세우는 대목이 있나요? 이를테면 장난감 사격장에서처럼.

영사기의 회전이 그 대목에 이르면 기다렸다는 듯 정지 버튼을 누르는 자신을 발견하곤 해요. 대체 불가능한 결정적 장면인 것처럼. 발바닥 모양이 오려 붙여진 사선, 의외로 묵직하던 장난감 소총, 진열대 한복판에 세워진 판다 인형. 녀석에게 총알을 쏟아부은 건 절대 넘어지지 않을 것 같아서였어요.

그런데 내 잠 못 드는 밤마다 판다 인형을 향해 총구 겨누는 사람은 누구인가요? 남편인가요, 당신인가요? 남편은 말해줄 수 없으니 당신이 말해봐요. 이젠 당신이 대답할 차례예요.

거울 속 얼굴과 사랑에 빠진 순간은 언제였나요?

그 얼굴이 당신의 것이 되기 전부터였나요?

내가 잘못 짚었나요?

그러면 그렇다고, 아니면 아니라고 말 좀 해봐요.

구두니, 구레나룻이니, 그런 소리 말고 진짜 당신 얘기를 들려줘요.

*

　남자와 여자는 에드워드 호퍼풍으로 마주 앉아 있다. 살굿빛 원목 탁자, 순백색 회벽에 둔중한 음영을 드리우며 퍼져나가는 조명, 어긋나는 시선 속에 감춰진 크고 작은 비밀과 정체 모를 감정들. 입술 꼭 다문 채 대면하는 남녀가 대개 그러하듯, 둘에게는 맞은편으로 전해야 할 자신만의 진실이 있었다.

　미동도 없는 침묵을 깬 쪽은 남자였다. 진짜 그림 속 인물이었다면 눈을 내리깔며 분위기부터 잡았겠지만 창문 쪽을 바라보는 것으로 시작을 알렸다. 창밖은 어둠에 잠겨 유리에는 남자의 얼굴이 떠올랐다. 남자는 자신의 얼굴을 물끄러미 바라보았다. 유리창 속 얼굴에게 할 말이 있다는 듯.

그 순간 남자의 뇌리에는 앙리 마티스의 그림 하나가 배경처럼 펼쳐지고 있었다. 「이카루스」. 제목이 암시하듯 높이 날아오르려는 욕망이 초래한 추락의 이미지. 다른 사람은 몰라도 남자에게만큼은 추상적이지 않았다. 어떤 추상은 누군가에겐 더할 나위 없이 구체적인 무엇이기도 하니까. 얼굴처럼. 수술대 위에서 덧대어진 어떤 얼굴처럼.

작품해설

필연적으로 실패하는 사랑

강지희

1. After Love

김경욱이 사랑이라니. 최근의 작품들로 김경욱
을 만나온 이들에게는 조금 놀라울 수도 있겠지
만, 오랜 팬들로서는 예전의 몇몇 단편들을 떠올
리며 설레는 마음이 될지도 모르겠다. 당신도 「낭
만적 서사와 그 적들」에서 사랑에 빠지는 순간 덧
니와 수학에 페티시즘을 갖게 된 남자 주인공을
기억한다면. 그 남자는 15년이라는 시간 동안 만
남과 이별을 두 번이나 반복하고도 같은 여자와
세 번째로 다시 사랑을 시작한다. 이 불가사의에

대해 어떻게 설명할 것인가. 깨어지고 보니 사랑 따위 얼마나 부질없는 것인지 한탄하다가도 또다시 속수무책으로 설레던 낭만적 주인공이 거기에 있었다. 하지만 그 소설을 읽고 달콤함에 취했다면 그건 거짓말이거나, 소설을 잘못 본 것이다. 왜냐하면 김경욱은 연애가 선사하는 어떤 감흥에도 젖어들지 않길 원하는 사람이기 때문이다. 「낭만적 서사와 그 적들」에는 내용과 형식의 찢어짐이 있다. 사랑만이 당신을 유일무이한 존재로서 발견한다고 예찬하며 박음질해둔 내용은, 그 누구도 전형적인 사랑의 코드들을 비껴갈 수 없음을 논증하는 형식을 통해 뜯겨진다. '자신만의 비극적인 사랑'이 단 한 번의 우연조차도 필연으로 미화하는 논리적 비약이었음을 깨달으며 '모두의 보편적 사랑'으로 변환되어버릴 때, 사랑의 여운은 끝난다. 사랑의 과정 하나하나를 해부하며 보편 공식을 도출해내던 그 소설에는 알랭 드 보통의 그림자가 어른거리고 있었다. 사랑에 관해서라면 김경욱은 그 거울 속으로 빠져들 듯 들여다보는 나르시시스트가 아니라, 거울의 테두리를 조심스레 만지며 원리를 궁금해하는 냉정한 과학자였다.

이 단편이 발표되고 13년이 지나 김경욱은 또다시 사랑 이야기를 들고 돌아왔다. 『거울 보는 남자』는 7년간의 결혼 생활이 끝난 뒤 내놓는 사랑의 (불)가능성에 대한 답이다. 7년이란 우리 몸을 구성하던 세포들이 모두 죽고 새로 재생되는 데 필요한 시간이 아닌가. 처음 사랑에 빠졌던 그 사람을 구성하던 물질 중 단 하나의 원자도 남아 있지 않을 때쯤, 사랑은 무엇으로 변환되는가. 낭만적 사랑의 신화를 해체하던 그 시선으로 김경욱은 '사랑 이후'의 시간을 다시 재구성한다.

「낭만적 서사와 그 적들」에서 주인공이 같은 사람과 세 번째로 사랑에 빠지게 만든 매개체는 샤갈의 「파란 풍경 속의 부부」라는 그림이었다. 행복과 행운을 의미하는 초록으로 칠해진 연인들의 얼굴은 또다시 이 사랑을 선택하라는 기호가 되어 반짝였다. 그러나 이번 소설에서 김경욱은 한 프레임 안에 있는 연인들이란 환상에 불과하다는 듯 두 그림을 끌어온다. 에드워드 호퍼풍으로 마주 앉아 있지만 여자의 머릿속에는 초현실적인 르네 마그리트의 「시크릿 플레이어」가, 남자의 머릿속에는 추상적인 앙리 마티스의 「이카루스」가 펼쳐진다. 10여 년 전 사랑의 동일한 무늬에 기울어져 있던 작가는 이제 하나의 사랑 서사 안에서도 초현실과 추상으로 갈라지는 사랑의 차이에 집중한다. 조심스럽게 맞잡고 있던 연인의 두 손이 서서히 벌어져갈 때, 김경욱은 냉철한 눈으로 그 틈새를 들여다본다.

2. 거울의 정면─초현실적인 로맨스

거울의 정면에서 이 소설은 죽음마저도 뛰어넘는 달콤한 로맨스로 읽힌다. 소설은 남편이 교통사고로 죽은 뒤 첫 기일, 공원묘지에 갔다 돌아오는 길에 우연히 남편과 똑같은 얼굴의 남자를 만나면서 시작된다. 운명이라고밖에 할 수 없는 만남. 화자에게는 남자의 존재가 묘지 앞에 심겨 있던 제라늄처럼 "풀고 싶은 마음만큼이나 답을 마

주하기 두려운 붉은빛 수수께끼"(p. 17)로 다가
온다. 이후에 알게 되는 제라늄의 꽃말—"당신 생
각이 뇌리에서 떠나지 않아"(p. 89)—은 이 양가
적인 욕망의 그늘을 이해하게 만든다. 여기에는
누군가를 마음속에서 충분히 떠나보내지 못한 채
로 다른 사랑이 시작될 때의 위태로움이 있다. 때
로 어떤 사랑은 두 사람이 시작하는 것이 아니라,
물리적으로는 헤어졌으나 심정적으로는 아직 헤
어지지 못한 과거의 연인(들)과 셋 혹은 넷이서
만들어가는 것이다.

　남편과 함께한 결혼 생활은 그의 교통사고로
끝이 났다. 그런데 화자인 아내가 알게 되는 것
은 남편이 7년 전 결혼과 동시에 생명보험에 들
었을 뿐 아니라, 마지막 순간 좌회전해 오는 뺑소
니 차량이 눈앞에 나타났을 때 운전대를 오른쪽
으로 꺾었다는 이상한 사실이다. 그는 늘 자신의
죽음 이후를 생각하고 있었던 걸까. 무엇보다 본
능적으로 자신을 지키려고 하는 대부분의 사람들
과 달리 그는 마지막 순간 왜 죽음을 선택했는가.
남편이 교통사고를 당하던 순간은 화자를 괴롭힌

다. 그리고 남편이 누구를 사랑하고 있었는지, 그 순간에 함께했던 동승자는 대체 누구였는지를 추적해 알아내는 데 온 기력을 쏟기 시작한다.

이제는 영원히 알 수 없는 것이 되어버린 남편의 욕망에 대한 탐색은 남편의 얼굴을 이식받은 남자와의 만남을 복잡하게 만든다. 두 사람 사이에는 단순히 '수혜자'와 '기증자의 유족'으로만 설명될 수 없는 "불길한 끌림"(p. 42)이 미열처럼 번져가지만, 그 열기 가운데에는 열 수 없는 '판도라 상자' 같은 남편이 차갑게 놓여 있다. 두 사람은 함께 있는 내내 남편을 의식한다. 여자는 끊임없이 남자의 얼굴에서 남편을 떠올리며 비교하는 동시에, 남자 역시 부단히 남편을 의식하고 있음을 감지한다. "당신을 만나면 남편은 영원히 텅 빈 얼굴로 남게 될 것"(p. 46) 같다는 여자의 두려움은 끝내 지워지지 않는다. 홀수 장에서 남편의 얼굴을 이식받은 남자 '유영필'에 대해, 짝수 장에서 남편 '정규민'과의 기억을 반추하는 방식으로 구성되어 있는 이 소설은 읽어나갈수록 그 구분이 무너진 채 온통 남편에 대한 이야기로 채

워진다.

　남편의 사후에 여자는 거울 속 자신의 얼굴이 어딘가 모르게 병상의 남편과 닮아 있음을 느낀다. 남편 얼굴 기증에 동의하는 서류에 힘들게 서명을 하러 갔을 때도 자기도 의식하지 못한 채 자신의 이름 대신 남편 이름을 적어버린다. 이런 사소한 감각과 실수들은 남편에 대한 애도가 쉽지 않음을 드러낸다. 그런데 얼굴을 이식받은 남자를 만나고부터 이 애도되지 못한 우울증적 증상은 남자에게 나타나기 시작한다. 남편의 각막과 콧대와 입술을 가진 이 남자는 오직 남편만을 궁금해하며, 만날수록 점점 남편을 닮아가는 것이다. 소설을 읽어가는 동안, 우리는 이 남자가 오직 여자의 환상 속에서만 존재하는 형상은 아닌가 묻고 싶어진다. 이 관계는 어딘가 기묘하다. 이들은 각자의 욕망으로 뜨거워지는 대신 오히려 서로에게 열렬한 연기자이자 관객이 되어간다. 여기에는 죽은 남편을 의식하는 죄책감과 이를 넘어서는 열정을 탄력적으로 오가는 감정의 운동이 없다. 남편 사후에 새로 형성된 관계임을 생각하더라도, 이 속에는 죽음이라는 공백을 감당하는 무게감이 없다. 이 연애는 오히려 상대방의 패를 알고 있으면서도 태연히 진행되는 카드 게임에 가깝다. 두 사람이 사랑에 빠졌다면 응당 불편한 심정적 자리를 차지하고 있어야 할 남편은 오히려 애틋함의 대상으로 나타난다. 남자는 남편을 "두 번째 삶을 주신 분"(p. 66)으로서 존중하고, 여자는 남자와의 대화 속에서 남편을 "아득하지만 가닿는 게 불가능하지는 않은 다른 시간, 이질적 공간에 발 딛고 있는 존재"(p. 64)로 느낀다. 두 사람은 남편을 두 사람 사이에서 밀어내기 위해서가 아니라, 계속해서 함께 사랑하기 위해 적극적으로 공모하는 것처럼 보인다. 두 사람의 관계는 가려 하는 방향과 늘 반대로 향하게 되는 '악마의 계단'에 비유되고 있지만, 사실 이들은 한 사람이 자신의 양손을 깍지 끼듯 더없이 평화롭게 만나고 있는 중이다. 여기서 남자의 실체는 중요하지 않다.

두 사람의 만남에 전환점이 찾아오는 것은 미술관에서다. 야수파의 그림을 보기 위해 방문

한 그곳에서 마티스의 「이카루스」 그림 앞에 섰을 때, 여자는 남자의 눈동자 색이 서클렌즈로 인해 남편처럼 새까맣게 변했음을 감지한다. 그리고 "수챗구멍으로 소용돌이치며 빨려 드는 목욕물"(p. 94)처럼 마음에 불가항력적인 물살이 생겨남을 느낀다. 눈동자에서 소용돌이치며 빠져나가는 목욕물로의 연결에서 영화 「싸이코」의 가장 유명한 장면을 떠올리는 것은 무리한 연결일까. 영화에서 이 장면은 전체의 3분의 1 지점, 누구도 예기치 못한 여주인공의 죽음 직후에 국면 전환과 함께 나타난다. 히치콕과의 연결을 지우더라도, 미술관에서 여자가 남자를 새롭게 '발견'하는 순간에 보이는 물의 이미지는 난폭하다. 욕조 안에 찰랑거리며 몸을 감싸는 물이 아니라 하수관으로 빠르게 빨려 나가는 물에는 분명 죽음의 이미지가 겹쳐 있다. 이 사랑이 죽음과 이상한 친연성을 지녔음은 두 사람의 가장 달콤한 스킨십이 일어나는 시점에서 보다 명확해진다. 자신의 총기 자살 시도가 어떻게 실패했는지 남자가 고백한 직후에 그간 머뭇거려온 두 사람은 비로소 입을 맞춘다. 살아남은 자들의 죄의식과 죄의식이 포개지며 만들어내는 입맞춤. 하지만 여자는 남자의 고백 속 어른거리는 죽음에 매혹된 것처럼 보인다. 이건 이제 영원히 불가능해진, 죽음 너머에 있는 남편과의 입맞춤이 아닌가. 여자는 그가 남편 흉내를 내는 것을 눈감아준 것에 어떤 목적이 있지는 않았다고 부인하지만, 내심 "곁에 있어도 저만치 먼 곳을 향해 있던 눈동자, 향수를 바꿔도 알아채지 못하던 코가, 텅 빈 웃음을 지어 보이던 턱이 오로지 나에게 향하는 모습을 고대"(p. 96)한다. 그러니 남자와 사랑에 빠져들면서, 여자는 죽은 남편과 다시 한 번 사랑에 빠지는 중이다. 동일한 얼굴이지만 이번에는 그의 욕망이 자신을 향하도록 하며.

하지만 여자가 알지 못했던 것이 있다. 사랑했던 대상이 사라지고 난 다음 그 대상을 다시 구현해낸다고 해도, 그 잃어버린 사랑을 다시 되찾을 수 있을까? 그 사랑을 되찾을 때 여자는 무엇을 되찾는 것일까? 그들의 대화에서 흘러가듯 등장했던 「오페라의 유령」 속 크리스틴과 팬텀의 관계는 두 사람의 관계를 그대로 반영한다. 모습을 드러내지만 여전히 가면을 벗을 수 없는 팬텀과 흉측한 얼굴에 두려움을 느끼면서도 끌리는 마음을 어찌하지 못하는 크리스틴은 남편이라는 가면을 쓰기 시작한 남자와 그에 매혹당한 여자를 보여준다. 그들 사이에는 '가면'이라는 장애물이 있는 것처럼 보인다. 그러나 실은 그 가면이라는 얇은 차이가 거의 유일하게 이 관계를 지탱하고 있는 것이라면? 소설은 여자가 위태롭다는 감각을 느끼면서도 남편의 사고와 관련해 "진실의 최전선"(p. 118)으로 나아가는 순간과, 남자의 얼굴이 남편과 완전히 합치되는 순간을 의도적으로 겹쳐놓는다. 그런데 정작 남자가 "100퍼센트"(p. 124) 남편의 얼굴을 갖게 되자, 두 사람의 성관계는 허무하게 불발되어버린다. 왜 가장 원했던 대상을 완벽하게 가질 수 있게 되는 순간, 사랑은 상실되고 마는가? 대개 로맨스 서사의 밀도는 금기의 강렬함에 비례한다. 애초에 여자에게 남편을 다시 욕망의 대상으로 만들어낸 것은 죽음이라는 가장 강력한 금기였다. 남편과의 만남이 시작된

곳이 장례식장이며, 남자와의 만남이 시작된 곳
역시 공원묘지라는 것은 우연의 일치라기보다 사
랑과 죽음이라는 금기 사이의 긴밀한 관계를 알
려준다. 그래서 오직 남자가 자신을 사로잡았던
죽음에 빠져 있는 동안에만, 그 죄책감 속에서 두
얼굴의 차이를 좁히려 노력하는 동안에만 두 사
람의 사랑은 순탄하게 이어진다.

이 장을 시작하며 나는 이 소설을 죽음마저도
뛰어넘는 로맨스라 말했다. 이 말은 이제 죽음 안
에서 죽음 자체를 사랑하고자 하는 로맨스로 수
정되어야 할 것 같다. 소설 속에서 여자가 남자를
사랑하는 일은 그 남자의 존재를 서서히 지워가
며 남편의 유령으로 만들어가는 것이다. 하지만
남편에 집착할수록 역설적으로 남편은 복사물이
되어가며 철저히 지워져간다. 여자에게는 남자
도, 남편도 사랑의 대상이 아니다. 이 사랑은 차
라리 복수이며, 죽음에 대한 탐닉이다.

그러니 여자의 그림이 초현실적인 르네 마그리
트의 「시크릿 플레이어」인 것은 자연스럽다. 이
그림에는 대리석 기둥들이 분홍빛 꽃잎들을 달고

서 있는 가운데, 흰옷을 입은 남성 두 사람이 야구처럼 보이는 게임을 하고 있다. 알 수 없는 게임에 열중하고 있는 두 남자의 오른편에는 작은 캐비닛 안에 들어가 있는 여성이 있다. 눈을 감고 마스크를 쓴 채 무언가를 손에 들고 있는 이 여성은 게임으로부터 소외되어 있지만, 어딘가 눈길을 끈다. 마그리트가 붙인 제목 '시크릿 플레이어'는 그림 안쪽에 자리한 이 여성을 가리키는 것이 아닌가? 무심하게 감긴 눈은 다른 두 사람이 어떤 게임을 하든 무관하게 자기 충족적인 환상에 빠져 있는 소설 속 여자의 초상화처럼 보인다. 남편이 이 그림 앞에서 멈춰 섰을 때, 그는 자신의 사랑으로부터 소외되어 있는 여자를 안쓰럽게 바라봤는지도 모른다. 그러나 이 소외의 자리는 사실 남편이 생전에 좋아하던 야구장의 외야석처럼 모든 선수들을 관망할 수 있는 자리이기도 하다. 외야석에서 야구가 더 이상 게임이 아니라 자유로우면서도 일사불란한 군무가 되는 것처럼, 캐비닛 안에서 바깥의 두 사람이 벌이는 게임은 승패와 무관한 미학적 관조의 대상이 될 수도 있을 것이다. 숨어 있는 자로 인해 비로소 완성되는 게임. 여자는 현실의 삶을 초과해버리는超現實 사랑으로 이 게임을 끌고 나간다. 하지만 이 초현실적 시선은 추상을 제외한 현실의 절반만을 보여줄 뿐이다.

3. 거울의 이면—추상의 미스터리

거울의 이면에서 이 소설의 장르는 배신과 비밀을 내포한 미스터리다. 소설은 진행되는 내내 중요한 힌트가 마치 얼굴을 이식받은 남자인 것처럼 위장한다. 남자는 본격적으로 말해준 적 없는데도 남편이 몰던 것과 같은 차량을 몰고 나타나고, 야구장을 가고 싶다는 여자의 말에 거침없이 문학구장으로 가 한 번도 헤매지 않고 주차까지 척척 해낸다. 그의 이런 행동들은 남편이 살아 있을 때 외도했던 대상이 바로 이 남자일지도 모른다는 여자의 심증을 점점 굳혀간다. 그리고 소설의 마지막에 이르면 우리는 예견했던 대로 남편이 생전에 화자에게 커밍아웃하던 순간을, 남자의 턱선을 쓸어내리듯 만지는 남편을 우연히 목격하던 순간을 마주하게 된다. 그러나 이 소설이 품고 있던 가장 큰 비밀이 남편의 커밍아웃과 그 사랑의 대상이라고 믿게 되면, 소설은 어쩔 수 없이 시시해진다. 이 비밀을 감추거나 드러내는 건 소설의 관심사가 아니다. 여자가 찾아낸 남편의 가장 큰 비밀은 휴대폰 속에 있던 무엇이 아니라 비밀번호 그 자체였음을 기억해야 한다. 그 비밀번호는 만우절, 0401이었다. 하지만 이때 사랑하는 남자의 생일이 만우절이었다는 것, 그날 남편의 교통사고가 일어났다는 것에 의미를 부여하는 것은 다시 한 번 속는 자리에 서는 것이다. 소설은 결혼이라는 형식 자체가 이미 비밀과 거짓말이 아닌지 묻는다.

소설 중반에 여자와 남자가 함께 타로 점을 볼 때 화자에게 나온 카드는 'STRENGTH'다. 카드 속 흰옷을 입은 여자는 사자의 턱 밑을 쓰다듬고 있지만, 사자가 언제 돌변할지 알 수 없기에 족쇄를 채워놓았다고 설명된다. 남자가 남편의 생년월일을 대신 부른 뒤에 드러난 카드는 바보인 척하지만 왕의 어두운 비밀을 품고 있는 궁정의 광대, 'THE FOOL'이다. 이 카드들의 해석을 따르면, 여자는 남편을 사자로 보며 길들이려 했고 남편은 자신의 비밀을 숨긴 채 광대로 살고자 했다. 남편은 어떻게 사자이면서 동시에 광대일 수 있었던 것일까. 가장 가까운 사이에서도 읽어낼 수 없었던 상대의 비밀은 사자와 광대 사이의 우스꽝스러운 낙차를 낳았다. 존 밀턴은 일찍이 결혼이 아니라 이혼이 평화와 사랑의 정신에 더 가깝다고 주장했다. 결혼 생활 속에서 당신은 사자를 길들이려 노력하거나(불가능한 시도), 왕의 비밀을 지키기 위해 광대 짓을 해야 한다(필연적인 전략). 어느 쪽이든 불행을 피할 수는 없다.

핵심은 남편이 숨기고 있던 비밀의 내용이 아니라, 화자의 망각 자체에 자리한다. 실제로 소설에서 가장 이상한 장면은 남편의 마지막 드라이브 동승자를 알게 되는 순간이다. 여자가 경찰을 붙들고 집요하게 남편의 교통사고 후 이송된 또 다른 병원의 CCTV를 확인했을 때, 그렇게 알고 싫어 하던 남편의 마지막 동승자는 바로 화자 자신이다. 마치 상징질서 속에서는 결코 마주쳐서는 안 될 실재를 맞닥뜨린 듯 여자는 화면 속 자신의 얼굴을 충격 속에서 바라보며 헛구역질한다. 트라우마에서 충격이 망각으로 연결되는 일은 흔하다. 하지만 화자는 왜 남편의 교통사고 장면을, 마지막 순간에 바로 자신이 옆에 있었음을 그토록 지우고자 했던 것일까.

삼각관계는 다른 사람의 욕망을 탐구하기 위한 필수 조건이다. 그래서 여자는 남편의 마지막 동승자를 알고 싶어 한다. 그것은 남편이 추구했던 욕망의 대상 자리다. 그러나 여자가 간과한 것은 그것이 욕망의 자리인 한 채워지는 것이 불가능하다는 사실이다. 남편이 미용실에 가는 걸 싫어하고 그 미용실 냄새를 묘하게 거슬려 했던 여자는 막연하지만 정확히 남편의 상대를 직감하고 있었던 것처럼 보인다. 그래서 사고 후 병실에 의식 없이 누워 있는 남편의 머리를 잘라줄 때, 여자는 남편이 사랑하는 미용사 남자의 자리에 자신을 가져다 두는 것처럼 느껴진다. 그러나 여자가 남편이 욕망하는 자리에 놓이자, 남편은 곧 세상을 떠난다.

욕망의 과녁에 정확히 화살을 맞히는 순간 불발되는 사랑은 남자가 100퍼센트 남편의 얼굴이 되는 순간에도 반복되었던 것이다. 이 장면은 히치콕의 영화 「현기증」의 성별이 뒤집힌 판본처럼 보인다. 「현기증」에서 남성 주인공 스카티는 사랑했지만 자살한 여자 매들린과 똑같이 생긴 주디가 눈앞에 나타나자, 매들린을 재창조하는 데 집착하며 주디에게 매들린이 입었던 것과 똑같은 옷을 입히고 똑같은 신발을 신긴다. 관객들만이 주디가 매들린을 연기했던 바로 그 여자라는 사실을 알고 있는 가운데, 영화 속에서 가장 유명한 장면이 나타난다. 스카티가 원하던 대로 변신의 과정이 완성되고, 매들린이 화장실에서 나와 푸른빛을 띠고 '유령처럼' 스카티에게로 천천히 걸어온다. 카메라가 두 사람 주변을 빙글빙글 도는 동안 이루어지는 황홀한 입맞춤은 곧 주디의 정체가 드러나면서 분노와 비극적 결말을 향해 치닫는다. 소설에서 여자는 내내 남자를 통해 남편을 재현하려고 노력한다. 그럼에도 불구하고 남자가 남편의 얼굴과 유일한 차이를 만들어내고 있던 구레나룻을 밀어버리는 순간, 두 사람의 사랑은 실패를 맞이한다. 욕망은 충족되지 않는다는 전제 조건 속에서만 계속된다. 남편을 사랑하고 있는 두 남녀에게 남편은 욕망의 대상으로 남아 있어야 한다. 그러나 남자의 얼굴이 남편과 완벽하게 일치하는 순간 남자는 더 이상 추구할 수 있는 것이 없고, 여자는 남편의 욕망을 더 이상 탐색할 수 없다. 여기서 우리가 보는 것은 지지대를 빼앗긴 환상이다. 그러니 남자의 그림이 마티스의 「이카루스」인 것은 필연적이다. 노란 깃털과 함께 창공에서 추락하는 검은 사람은, 환상이 실재가 되어버리는 순간 산산이 흩어지는 현실을 보여준다. 환상은 현실에 착지하는 대신, 영원히 허공에 머무는 추상으로 남아 있어야 한다.

김경욱의 이번 소설 『거울 보는 남자』는 읽으면 읽을수록 어지러워지는 소설이다. 남편의 사후에도 여전히 다른 남자를 통해 남편을 사랑하는 여자의 이야기로 읽는다면, 과잉된 낭만적 시선이 없어지는 것이다. 다른 남자를 사랑하게 된 남편의 비밀과 함께 파국에 이른 결혼 이야기로 읽어낸다면, 반전에 집중하는 이런 접근은 다소 뻔하고 나른해진다. 소설은 어긋나는 사랑의 근본적인 속성 그 자체를 향해 있다. 욕망이 방향을 틀어서 사랑이 끝나는 것이 아니라, 욕망이 충족되었기에 사랑이 끝난다. "만약 신이 있다면 뻗어나가는 선이 꺾이는 점 위에 존재할 거"(p. 95)라는 의미심장한 소설 속 구절에서 '신'을 '사랑'으로, '선'을 '욕망'으로 치환시키면 모든 것이 조금 더 분명해진다. 뻗어나가는 욕망 위가 아니라, 욕망이 꺾이는 지점에 그 틈새와 간극에만 사랑은 존재할 것이다. 이 사랑을 두고 아름답다고, 슬프다고, 공허하다고 말하는 것이 가능할까. 아마 그 말들은 어딘가 비껴 서 있을 것이다. 우리가 이 틈새에서 보는 것은 결국 사랑이 자기의 환상이라는 잔인한 진실이기 때문이다. 여자는 눈을 감고 있고, 남자는 거울을 바라보고 있다. 여자는 사랑하는 동안 그 대상을 현실 너머로 초과시켜버리고, 남자는 사랑하는 동안 거울 속의 자신을

존재하지 않는 추상적 존재로 만들어간다. 초현
실의 시선과 추상의 시선은 다른 방향으로 영원
히 엇갈린다.

　이제 김경욱은 사랑이 성사되는 데 있어 우연
이 만들어내는 마술적 순간들을 가동시키지 않는
다. 소설의 끝에서 우리가 마주하게 되는 감정은
끝내 터져 나오고 마는 슬픔도, 환멸도 아닌, 언
제나 실패할 수밖에 없는 사랑의 속성에 대한 덤
덤한 인정이다. 소설의 앞뒤로 액자처럼 자리한
장면에서 여자와 남자는 에드워드 호퍼풍으로 마
주 앉아 있다. 그 사이에 벌어진 교통사고와 죽음
과 기괴한 얼굴 이식과 사랑에 대한 비밀들은 모
두 두 사람의 머릿속에서 한바탕 스쳐 지나간 소
동극인 것처럼. 그들의 우주는 더 이상 서로를 향
해 움직이거나 그들을 대신해 울지 않지만, 전해
야 할 진실을 안고 그들은 여전히 마주하고 있다.
이 둘의 사랑은 끝난 것일까, 아닐까. 이런 서늘
한 사랑에 대해서라면 19금 대신 30금을 붙여야
할 것만 같다. 지나가버린 시간이 이제는 어떤 시
간인지 알고 있는, 이미 그 시간으로부터 떠나온

연인들만이 말할 수 있는 사랑. 수많은 감정들이 스쳐 지나가고 무뎌져, 텅 빈 형식으로 남은 사랑. 『거울 보는 남자』는 사랑의 필연적인 엇갈림과 그 헛된 공회전에 대해 어떤 회한도 없이 말하는 어른의 사랑 소설이다.

작가의 말

이야기란 작가의 내부 어딘가에서 샘물처럼 길어 올리는 것이라 여기던 시절이 있었다.

요즘은 무릎이 굳어 우물을 들여다볼 엄두도 나지 않는다.

대신 노트북 전원을 켤 때마다 전깃줄을 생각한다.

있는 듯 없는 듯 묵묵히 허공을 가로지르며 전기를 나르는 검은 줄.

검은 줄 한쪽 끝에는 바람과 물과 불의 운동이 있다.

인간의 언어로 번역되기를 거부하는 원초적이

고 불가해한 움직임.

보이지 않지만 엄연히 실재하는 전기처럼 이야기는

소설가의 몸을 머리부터 발끝까지 내달린다.

상상력이라는 절연체에 감싸인 채.

검은 줄의 다른 끝에서

누군가의 머리끝을 곤두세우고

또 누군가의 무릎을 일으켜 세우기를 바라며.

작년 여름이 시작될 무렵 새 문서창을 여는 나에겐 몇 달여 품어오던 이야깃감이 두어 개 있었지만 그 계절이 끝날 즈음 완성된 원고는 그것들과 전혀 상관없는 내용이었다. 시애틀의 한 신문에 실린 기사 때문이었다. 죽은 남편의 얼굴을 이식한 남자와 편지를 주고받은 여자. 너무나 소설적이어서 오히려 소설로는 쓸 수 없겠다 싶었던 기사의 무엇이 나를 무모한 시도로 이끌었을까.

본 적도 없고, 볼 수도 없는 어떤 얼굴이 뇌리를 떠나지 않았다. 첫 문장을 기다리는 모니터처럼 텅 빈 얼굴. 존재하지 않아서 더 현실적으로 다가온 얼굴에 홀린 여름 내내 전율처럼 등줄기를 훑은 한마디. 어느 하늘 아래에서 인 바람이었는지, 혹은 물이나 불이었는지, 자꾸만 늘어지려는 전깃줄을 팽팽히 떨게 만든 한마디.

'가장 얇은 것 속에 가장 깊은 것이.'

기사를 손수 오려 항공편으로 부쳐주신 윤주찬 선생님께 감사드린다.

바스러질 듯 얇은 신문지 특유의 질감이 없었다면 이 소설은 세상에 나오지 못했으리라.

2018년 봄

김경욱

거울 보는 남자

지은이 김경욱
펴낸이 김영정

초판 1쇄 펴낸날 2018년 6월 25일
초판 2쇄 펴낸날 2019년 2월 28일

펴낸곳 (주)현대문학
등록번호 제1-452호
주소 06532 서울시 서초구 신반포로 321(잠원동, 미래엔)
전화 02-2017-0280
팩스 02-516-5433
홈페이지 www.hdmh.co.kr

ⓒ 2018, 김경욱

ISBN 978-89-7275-895-2 04810
        978-89-7275-889-1 (세트)

* 책값은 뒤표지에 있습니다.